千年前の聖獣
フェンリル

勇者パーティーを追放された俺だが、俺から巣立ってくれたようで嬉しい。

……なので大聖女、お前に追って来られては困るのだが？

6

CHARACTERS

アリアケ・ミハマ

勇者パーティーの荷物持ち《ポーター》で無能扱いされていたが、その正体はありとあらゆるスキルを使用できる《真の賢者》

ラッカライ・ケルブルグ

聖槍に選ばれた弱気な槍手。普段は男として振る舞うが、本当は女性。アリアケを師としても男性としても慕う

アリシア・ルンデブルク

勇者パーティーの大聖女にして国教の教皇。アリアケの追放後にパーティーを抜けて、彼を熱心に追い続ける

コレット・デューブロイシス

竜王ゲシュペント・ドラゴンの末姫。千年間幽閉されていたところをアリアケに救われてから彼に同行している

ビビア・ハルノア

聖剣に選ばれし王国指定勇者。アリアケを追放したため彼のサポートを失い、現在転落街道まっしぐら

ローレライ・アルカノン

かつては勇者パーティーに巻き込まれ酷い目に遭っていた回復術士。大教皇リズレットの娘。無自覚ドS

フェンリル

アリシアに付き従う十聖の獣。人間形態は美しい女性。主《アリシア》の主《アリアケ》を気に入った様子

CONTENTS

これまでのあらすじ

「お前は今日から勇者パーティーをクビだ！」「馬鹿が、それは俺のセリフだ」

真の賢者アリアケ・ミハマ。

神託により、あらゆるスキルを無尽蔵に繰り出しながら王国指定勇者パーティーのサポートに徹していたが、勇者ビビアから無能扱いを受け追放されてしまう。

面倒な役目からようやく解放されて喜んだアリアケは、念願だった静かで自由な旅を始めることに。

だが、アリシアやコレットたち賢者パーティーの仲間とともに、旅の先々で圧倒的な活躍を見せてしまい、図らずもアリアケは注目を浴びる日々を送ってしまうのだった。


ある日、アリアケが校長を務める『人魔同盟学校』の生徒ルギが、ビビアやジャルメルの策謀によって破壊神へと変貌してしまう。

ワイズ神、ブリギッテ、ルギの同級生フィネたちの協力で見事彼を取り戻し、全てを解決したと思った瞬間――アリアケは見知らぬ世界へと飛ばされてしまう。

そこは大量のマナに満ちた、神々が息吹く千年前の世界だった。

1、下級勇者ビビアとパーティー再結成

「マナの多さからして、神代《じんだい》に飛ばされたか？　まだ原因は分からないが……」

大気には魔力が満ちていた。

先ほどまで、俺の中立国オールティの地下牢付近にいたが、今いる場所はむき出しの荒野である。

だが、直感的に理解した。これほどの魔力が満ちていた時代と言えば1つしかない。

それは……、

「ひぃいいいいいいいいいいいいいいい!?　どうなってんだよこれええええええ!?　し、しかも、上空に飛んでやがるのは1匹でS級モンスターのレッドドラゴンじゃねえかあああああ！」

考え事をしていると、人の出す声とは思えないけたたましい咆哮《ほうこう》が耳朶《じだ》を打った。

やれやれ。

俺は苦笑しながら、生温かい目線でその阿鼻叫喚、狼狽《ろうばい》中の輩《やから》を見た。

「下級勇者ビビアよ、そんなに驚くな。何があっても動じるなと、一番初めに教えたろう？」

そう言って、子守をするような気持ちで伝える。

勇者パーティーを導いていた、かつての懐かしい気持ちを思い出しながら。

だが、やはりまだまだ精神的に未熟な下級勇者ビビアは、俺の言葉に怒声を返す。

「う、うるせえ！　レッドドラゴンの群れだぞ!?　お、襲われたらひとたまりもねえ！　お、お前が盾になってる間に逃げっ……！　ぐへあっ!?」

「腰が抜けていては逃げ出せんぞ。それに、お前の実力では恐らく、大賢者たる俺の支援無しでは、この果ても知れない荒野を抜けるのは至難の業となると思うぞ？」

淡々と事実を告げる。

「ぐ、ぐぎぎぎぃ!?」

どうやら分かってくれたようだ。

悔しそうな表情を浮かべて……どこか憎々し気ではあるが、元々人相が悪い男なので気にすることはないだろう。

それだけ、俺の口から放たれる一つ一つの至言の重要性を痛感している証拠であろう。

俺は微笑《ほほえ》みを浮かべて言う。

「理由は分からんが、どうやら俺たちは1000年以上前の『神代《じんだい》』へと飛ばされたようだ」

「神代回帰《じんだいかいき》だと!?　そんなバカなことが起こるわけがねえ!?　いやだ！　いやだ！　下級勇者でもいい！　現代へ返してくれえええ！　デリアー！　デリアー!!」

エルガーたちの名前がないのが切ないが、無視して話を進める。

「お前の言う通り、現代へ戻る方法を探る必要がある。他の賢者パーティーや、元勇者パーティーたち、他のメンバーも飛ばされている可能性もある。だが、先ほどからやってはいるが、俺の《探索スキル》は今のところ発動していない。本当に来ていないのか、時間差があるのか、理由は分からんがな。というわけで提案だ、下級勇者ビビアよ」

「な、なんだ」

ガクガクと周囲を警戒しながら怯《おび》える不出来な弟子ビビアへ、俺は指示する。

「俺とお前で『勇者パーティーを再結成』する。下級勇者の役目は困った者の救済だ。それはこの時代でも変わらない」

「はあああ!?　んなこと1人でやってろよ!?　俺は俺の命が大事なんだ！　他人がどうなろうが知ったことじゃねえ!!」

彼は絶叫する。しかし、

「自分の命を大事にする姿勢は大事だが、虎穴に入る必要はある。俺がこの時代に呼ばれたからには、神代が俺を呼んだと言っていいだろう。俺が神代で何を救う運命なのかは分からんが、困ったことに事態は俺を中心に巡るに違いあるまい。そして、恐らくそこに現代への回帰方法もあるんじゃないか？」

「な、なんでそこまで言い切れるんだよう!?」

ビビアが改めて狼狽しながら叫んだ。

だが、俺は淡々と事実だけを告げる。

「賢者たる俺と、勇者たるお前が揃《そろ》って同じ場所に召喚されたんだ。この時代を救うために呼ばれたに決まっているだろうが」

その言葉を聞いて、ビビアはキラリと瞳に輝きを取り戻す。

「ほ、ほーん。た、確かにそうだな。勇者が呼ばれるのは世界を救う定めがあるからこそだ。ったく、しょうがねえな、いつも俺に世界は頼りやがる。俺がいねえと、碌《ろく》に世界は平和にならねえんだからよお。たく、まったく、しょうがねえなぁ」

ビビアはなぜか気持ち悪い笑みを浮かべてニヨニヨとし始める。

どうやら世界の救済に必要とされたという話で元気が出たらしい。

俺にとっては日常茶飯事のことだが、彼にとってはめったにない大仕事なのだろう。

まぁ、それで少しでもやる気になってくれるならばありがたい。

気が変わらないうちに話を進めるとするか。

「では下級勇者ビビアよ。大賢者アリアケとパーティー再結成を行うことを了解するか？」

「くは、くははははは！　しゃーねーな！　世界が求めるならば、この最強！　最高！　勇者ビビアの力を貸してやらんでもねえ！　ついてこい！　このヘボポーターのアリアケェ！　しばらくの間なら使ってやるぜ！　くははは‼」

だいぶ調子を取り戻したようだ。

ただ、

「おっと、先ほどのレッドドラゴンの群れが襲って来たようだぞ」

「ひ、ひぃいいいいいいいいいいい!?　どこだどこだ!?　ああ！　剣が！　剣がない！　くそう、聖剣さえあれば!!」

「ああ、そうだったな。ほれ、グランハイム王から預かっていた聖剣ラングリスだ。持っていけ」

「へ!?　せ、聖剣か。えーっと、あー、うー。そ、そうだ。け、剣1本で戦えるわけがねえ!!」

「そうか？　だが、まぁ安心しろ。冗談だ。もう群れは行ってしまった」

「へ？」

聖剣を震えながら構えて上空を警戒するビビアに俺は告げた。

「それくらい緊張感を持っていれば大丈夫だろう。油断大敵、その教えは覚えていたようだな」

「て、てめえええええ！　はめやがったなあ!?」

「師として力量を見極めただけだ。ま、何にせよ、勇者パーティー再結成だ。よろしく頼むぞ？」

「くそがあああ！　誰がてめえなんかと仲良くするかよお！　いつか後ろから刺してやっからなあ！」

ははは、冗談も言えるとは、元気の良い奴だ。

俺を刺せるならば一人前だが、まぁ、そこまで成長するには何千年かかることやら。

まぁ、何はともあれ、いきなり放り込まれた異世界同然のこの世界で、これくらい覇気があれば、俺についてくることも出来るだろう。

久しぶりの勇者パーティーだ。

勘を取り戻しながら進むとしようか。

こうして俺は、下級勇者ビビアと『下級勇者パーティー』を再結成し、神代《じんだい》の世界の冒険を開始した。

しかし、事態は俺たちに安穏とした時間を許してはくれない。

「きゃー!?」

遠くから女性の悲鳴が聞こえてきた。

煙が上がっている様子も遠目に見える。

早速事件が発生したのだ!


襲撃を受けていたのは小さな村だった。

レッドドラゴンは俺たちのいた現代においてもS級モンスターとして恐れられていた。

ゲシュペント・ドラゴンほどではないが、出現すれば王国軍や傭兵、冒険者に緊急召集がかかるレベルだ。

そして、ビビアがビビり散らかしていたのも無理はなく、それが群れであることもあるが、何よりこの1000年前の神代においては、その強さは現代の比ではないことが、俺には分かった。

「ひいいいいい!?　や、やっぱり他人のことなんて知るかよ!?　に、逃げるんだよう、アリアケええええ!!」

ビビアはその臆病さから危険を察知しているようだ。

その判断は一般人としてはとても正しい。

ただ、

「お前は下級勇者だろうに。人を助けるのが仕事だろう、行くぞ！」

俺は駆け出しながら言う。

「い、嫌だ！　こんな訳の分からない場所で！　時代で！　死にたくない！　死にたくない！　デリアー、デリアー!!」

「危機回避能力が高すぎるな。まぁ、悪い事ではない」

俺は微笑みながら、彼の首根っこをむんずと摑《つか》む。

《腕力強化》

《スピードアップ》

「いでえええええええええええええ!?　放せ！　放せ！　死にたくない！　じにだくないいいいいい

いいい!!」

「ふ、俺の手は借りたくない、か。だが遠慮は無用だ、ビビア。今は下級勇者パーティーの賢者アリアケなんだからな。俺の支援の下、存分に戦うといい」

「違う！　俺は死にたくないだけだ！　その手をっ……！」

ビビアが叫んでいるうちに、

「ほい、到着したぞ」

言われた通り、手を放す。

「ふんぎゃっ!?」

「思ったより、破壊されていないな。いや」

俺は遠目にその姿を見る。

「先客がいるようだな」

「ひ、ひいいいい!?　レ、レッドドラゴン以外の敵が!?　も、もう無理だぁ！　デリアー！　デリアアアアアー！」

「いや、敵ではない」

「へ？」

ビビアは顔についた泥を拭いながら、意外そうな顔をする。

一方の俺は彼方《かなた》に見える、レッドドラゴンと戦うその姿を見て微笑みを浮かべた。

「フェンリルか」

「なっ⁉」

俺の言葉にビビアの顔がまたしても引きつる。

そして、

「なにいいいいいいいいいいいい⁉　やっぱり敵じゃねえかああああああああああああ⁉」

そんな絶叫を轟《とどろ》かせたのである。

ああ、なるほど。

俺はポンと手を打つ。

ビビアにとってフェンリルは『呪いの洞窟』で生死の境をさまようことになったモンスターであり、その際プララを見捨てて逃げたことによって、勇者パーティーの人気の失墜のきっかけとなった相手でもある。

更に、その戦いをきっかけとしてパーティーの要である大聖女アリシアの離脱を招き、ついには王国から聖剣ラングリスを取り上げられるに至った。その挽回のチャンスとしてラススミーの町の近傍にあるエドコック大森林で発生したワイバーン討伐クエスト（Dランク）をも失敗し、しかも森林を全焼させたことで犯罪者予備軍として収監されたのだった。

ん？

「仲間を見捨てて逃げたのも、その後のクエスト失敗も、全部、自業自得なんだよなぁ」

「やめろ！　思い出させるんじゃねえ！　また眠れなくなるだろうが!!」

俺の言葉にビビアは耳をふさいで顔をうつむける。

まぁ、ビビアにとってトラウマであろうとも、

「俺にとっては大切な仲間だ」

そう。たとえ、

「俺の知る姿からは少しばかり小さくとも、な」

遠くでレッドドラゴンと互角以上に戦う少女の姿。

それはローレライくらい……いや、それよりも更に下の年齢に見える。10歳程度だろうか？

雪のような白の髪を美しくたなびかせ、鋭くも優雅に空を舞うように戦う姿は彼女そのもの。

だが、明らかに小さかった。

「ち、小さいだと!?　ガキってことか!?　な、なら、俺でも勝てるんじゃねえか!?」

パッとビビアの顔に喜色が浮かぶ。

「だから、敵じゃないと言ってるだろうが。それに、敵か仲間かの区別はちゃんとつけられた方がいいぞ、ビビア」

俺は肩をすくめつつ、もう一度ビビアの首根っこを摑んでから、彼女の援護へと駆け出したのであった。

放せ！　放しやがれえええええええええ！　という絶叫が木霊しているような気がしたが、もう

俺は気にも留めなかった。

S級モンスターの群れとの戦闘が、ゼロコンマ数秒後には迫っているのだから。


「助太刀しよう」

「!?　何者だ！」

突然、現れた俺の姿に、子供姿のフェンリルは咄嗟《とっさ》にカウンターを繰り出す。さすがだな。

しかし、

「いいパンチだな。ふ、大きくなったお前の一撃だったら冷や汗ものだぞ？」

「なっ!?　ドラゴンも屠《ほふ》る私の一撃を！」

彼女は目を見開いた。

だが、俺は微笑みながら言う。

「ドラゴンも一撃か。それは頼もしい。いつもお前には助けられてばかりだ」

「え？」

彼女は訳が分からないと言った風に首を傾《かし》げる。声も大人の時と比べれば高く、まだ幼さを残す。

と、その時だ。

「しまった！」

彼女は悲鳴を上げる。一瞬の隙を見逃さず、レッドドラゴンの1匹が肉薄し、尻尾を振るったの

だ！
しかし、俺は一向に慌てずに、
《鉄壁》
《防御力アップ（強）》
《物理攻撃無効》
《全体化》
瞬時にレッドドラゴンの攻撃を見切り、スキルを発動した。
ドオオオオオオオオオオオオオオオオオオオオオオオオオオオン!!
尻尾の強打だけで、大地は鳴動し、風圧で後方の村の建物たちが消失する。ただ、村人たちはとっくに逃げ出した後らしい。このような事態は日常茶飯事なのだろう。
「レッドドラゴンの一撃を軽々と防ぐとは、本当に何者……」
彼女はもう一度目を丸くする。が、

「今はそれどころではないだろう？　実力は分かってくれたはずだ。ひとまずはこいつらを殲滅《せんめつ》する」

「ああ、そうだな！」

俺と少女フェンリルが空を見上げる。そこには数十のレッドドラゴンが大挙していて、この世界の地獄を体現しているかのようだ。

だが、一度拳を交えただけだというのに、俺たちの意思は通じ合っているような錯覚を抱いた。

「うぎゃああああああああああ!?　いでええええええええええ！　死んだ！　死んだ！　アリアケェエエエエエエエエ！　てめえのせいだあああああああああ！　あああああああああああああああああ!!」

なお、先ほどの攻撃で、死んだと思い込んだビビアの金切り声が木霊しているが、俺も彼女も気にも留めない。

神代《かみよ》のS級モンスターと対峙《たいじ》して平静を保てるのは、神と同等以上の力を持つ存在だけなのだろうから。

「行くぞ！　《回避付与》《即死無効》《攻撃力アップ（強）》《スピードアップ（強）》《防御力アップ（強）》」

「多重スキルだと！　凄《すご》い！　これなら行ける！　聖獣フェンリル、参る!!」

そう鬨《とき》の声を上げると、瞬間、フェンリルの姿は消える。

フェンリルは空中を自在に飛び回る。

マナを利用した空中跳躍によって、凄《すさ》まじいスピードでレッドドラゴンの合間を行き来する。

そして、翻弄されたレッドドラゴンにチャンスと見るや、一気に近づくと。

バリイイイイイイイイイイイイ!!

凶悪な爪が伸びた手刀によって、一撃のもとにレッドドラゴンの身体《からだ》を真っ二つに両断した！

『キシャアアアアアアアアアアアアアアアアアアアアアアアア!!』

レッドドラゴンの恐ろしい断末魔が大地を震わせた。

だが、その隙を見逃す他のドラゴンではない。

油断ならないと判断したのだろう。仲間を巻き込むことも承知で、魔力を口元へ集中し始めた。

「すごい魔力量だな。1匹のブレスで、山1つくらいは削り取りそうだ」

「だ、大丈夫なのかよ、フェンリルの奴《やつ》はよぉ!?」

「ふ、当たり前だろう」

俺は聖杖《せいじょう》キルケオンを構えて詠唱を行う。

「俺とフェンリルがいるんだからな。神代《かみよ》であろうが負ける道理などない！」

俺はそう断言しつつ、

「受け取れ!!」

《炎攻撃無効》

《神聖攻撃無効》

《竜殺し付与》

「よっしゃよっしゃ！　そんだけスキルかけりゃ、フェンリルだって負けやしねえだろうよ!!」

「何を謙遜している、ビビア。武勲を譲ろうとは殊勝だな。だが、今そのような配慮は不要だ。行け！　勇者としての役割を存分に果たしてこい！」

「はひ？」

腰を抜かして座り込んでいた、観客同然だったビビアの首根っこを腕力強化で摑み上げると、今しもブレスを放出しようとするフェンリルのもとへ投擲《とうてき》する！

「う、うわあああああああああああああ!?」

「何をしにきた!?　邪魔だ！」

突然、フェンリルの眼前に放り投げられたビビアに、フェンリルは激怒する。

だが、

「フェンリル！　さっきのスキルはビビアへのものだ！」

「なに!?　そうか！　確かアリアケだったな！　なら私にも！」
「心得ている！　受け取れ、幼き聖獣フェンリルよ！」
俺はキルケオンを掲げ、
《竜殺し！》
《無属性付与！》
《防御無視！》
《魔力防御無視！》
「おおおおおおおおおおおおおおおおおおおおおお!!」
そう、これは神代《じんだい》の戦い。
生半可な攻撃は全て効かない。
有効打となる決定的な一撃をいかに打ち込むかという、神話レベルの戦い。
ならば！

「下級勇者ビビアよ！　タンク役は任せたぞ！」

「はあああああああああああああああああああああああ!?　俺は勇者なんだぞ！　そんなのは気持ち悪い筋肉自慢のエルガーに任せておけばいいことで、俺は華々しくドラゴンを倒してチヤホヤされるのがっ……！」

「来るぞ！」

瞬間。

数十匹のレッドドラゴン。しかも神代に生きる規格外のドラゴンたちからの熱線《ブレス》によって、俺のスキルといえども衝撃自体はビビアに伝わる。

「う、うああああああああ!?　怖い！　怖い！　それにこの無敵効果がいつ消えるか分からなねえからこええええええええええ！　アリアケえええええええええ！　絶対許さねえからなああああああ!!」

「あと3秒は持つ」

「ほげえええええええええええええ!?　さ、さ、さ、さんっ……!?」

ビビアが絶望の声を上げようとした時である。

「十分だ。感謝するぞ、通りがかりの大賢者よ！」

彼女はそう言うと、ドラゴンたちと同様に、その口元に魔力を集中させ始める。

その力は規格外。

当然だ。

「俺のスキルでお前の力は１００倍にもなっている！　フェンリル！　お前の力でレッドドラゴンの群れを殲滅せよ！」

「承《うけたまわ》った!!」

ブレスを浴びる下級勇者ビビアが恐慌状態に陥ってから2秒後。

それは傍目《はため》から見れば、同時にブレスが放出されたように見えたかもしれない。

だが、その結果は一目瞭然であった。

山を蒸発させるほどのブレスの放射合戦。

まさに神代《じんだい》の戦いに相応《ふさわ》しい地形を変えるほどの神話レベルの戦い。これが普通なのだ。

そして、後からブレスを放出したフェンリルの熱線が、次々にブレスを吐くレッドドラゴンを溶かすように貫通し、墜落させた。角度を変えながら、次々とレッドドラゴンを蒸発させていく様子は、やはり神代《かみよ》に相応しい地獄図絵である。

こうして、神代の初戦闘は決着がついたのだった。

「こ、これほどの力を私が発揮できるなんて……」

村を救った英雄フェンリルは信じられないように自分の手の平を見つめていた。

「全てあなたのおかげなのか？」

ゆっくりと近づいた俺に彼女は気づいて聞いた。

だが、俺は微笑みながら首を横に振る。

「俺は大したことはしていないさ。もともとの君の力のおかげだ。0にいくら掛け算をしても、0だからな。それに、ビビアがレッドドラゴンの熱線を全て防ぐことを嫌がっていれば、君の攻撃の機会は巡ってこなかっただろう。全員の勝利といったところさ」

「いや、このビビア？　とかいう奴は、恐怖で最後は失神していたようだが？」

「戦いに気絶はつきものだ。まぁ、師としては、その仲間を守ろうとする勇敢さがあるのなら、最後までかっこを付けてほしいところなのだがな」

まぁ、それがビビアの憎めないところ、か。

俺は生温かい視線で、色々な体液を流して失神してしまっているビビアを見下ろす。

「ともかく礼を言う。ありがとう、アリアケ。いや、あなたは恐らく名のある大賢者なのだろう。大賢者アリアケに心から礼を言う」

「アリアケでいいさ。あと、もう一度言うがビビアの協力もあって……」

「だが、気になることがある」

ビビアの話を切り上げるようにして、彼女は厳しい目で俺の方を見た。

「どうして私の事を知っていた？　それに『勇者』とはなんだ？」

ふむ、さてどう答えたものか。

この神代回帰が何者の思惑で、誰が戻ってきているのか、いないのか。

そのあたりもまだ分からないことが多い。

俺は彼女の質問に、やや頭を巡らせるのであった。


さて、俺や少女フェンリルが倒したレッドドラゴンたちの死骸が村中に散乱しているわけだが、戻ってきた村人たちは喝采して喜んだ。どうやら貴重な食糧や素材になるらしい。

たくましくて何よりだな。

特にまだ腰が抜けて立てないビビアには、村人のたくましさから学ぶべきものがあろう。

「見ろ、ビビア。お前より力のない村人たちが、こんなにもたくましく生きている。下級勇者ビビアも腰を抜かしていては格好悪いぞ」

「う、うるせえええええ！　腰なんか抜かしてねえわ！　くそがぁ！」

彼は聖剣ラングリスを大地に突き立てて、ガクガクと腰を痙攣《けいれん》させながらだが、立ち上がった。

「かっこわるいが、立派だぞ、ビビア。やはり勇者はそうでなければな」

「かっこわるくねえ！　俺はイケてる！　終始かっこいい！」

まぁ自己評価をどうしようが、それは自分の勝手だ。

それよりも確認すべきことを聞くべきだろう。

「すまない、フェンリル。質問をもらっていたのに話が中断していたな。勇者と言うのはこのビビアの職業だ。世界を救う者に与えられる称号のようなものだ。君のことは風聞などで、色々と聞いて知っている」

いきなり未来から来た、と話しては、かえって胡散臭《うさんくさ》がられると思って、ぼかして答えた。

「そうか。だが、今の話であれば、そこの腰を振っている男よりも、私にはあなたの方が勇者に相応しいように思えたが？」

「ははは。俺は後衛が専門でな。そのような大層な肩書きには相応しくないさ」

「もし勇者という職業が人格を問うならば、やはりあなたが、と思わざるを得ないが、まぁいい」

改めて彼女を見ると、やはりフェンリルが人化した時の面影が多分にあった。

一方で、明確に違うところもある。

まず、自分のことを『私』という。大人のフェンリルは『我』と言っていた。

また髪の毛は大人の時と同様白だが、ショートカットにしていて、いかにも戦い易さを重視しているように見える。

何よりも性格だ。大人の彼女は妖艶と言って良い雰囲気を常に発している女性だったが、目の前の少女はまだ10歳程度にしか見えず、口調も無骨で端的である。

「それより聞きたいんだが、俺を見た時、人間がいることに酷《ひど》く驚いていたように見えた。それにこの村も獣人たちの村のようだ。どうしてなんだ？」

レッドドラゴンの素材を回収しているのは、いずれも犬耳や尻尾をはやした獣人たちで、人の姿はない。

「疑問なのはこちらも同じだ。繰り返すが、どうして人間がこんなところにいる？」

彼女の言葉に、やっと腰の痙攣がおさまったビビアが唾を飛ばしながら言った。

「はぁ!?　俺たちがどこにいようが勝手だろうが！　それとも何かぁ!?　ここにいちゃいけない理由でもあんのかぁ!?　ああん!?」

フェンリルはジトッとした目で、ビビアを見て、

「私は無礼な者には容赦はしないタイプだ。お前は私の胃の腑《ふ》に収まることを渇望しているのか？」

「ひ、ひぃ!?　ば、馬鹿が！　お前みたいなチビが俺を呑《の》み込めるほどでかい狼《おおかみ》になれるわけがねえだろうがよう!?」

「ふむ、各地で戦っているせいか、私が聖獣であることは風聞にて知っていたようだ、が、しかし、その力についてはあまり浸透していないらしい」

彼女はそう言うと、瞬時にその体軀《たいく》を変身させていく。

バリバリと肉が膨れ上がり、口蓋が裂けて鋭い牙が生えていく。

体毛は象徴的な白から神秘的なブルーの美しい光沢をした毛並みになる。

１００年後の頃よりも少し小さいかもしれないが、聖獣の持つ威容は、人間に本能的な恐怖を覚えさせるのに十分だ。

「あわわわわ！　ブクブクブクブク……」

「なんだ？　狼の姿になっただけで気絶したぞ、この勇者とやらは？」

「トラウマが刺激されたんだろう。いつか克服してくれると師としては期待している」

俺はそう言って彼女に向き直る。

俺はどちらかと言えば彼女が本来の姿になっている時も好きだ。ブルーの毛並みが美しく、しばしばその毛並みを枕に眠らせてくれる。俺のような若輩者にアドバイスをくれる存在として、とても信頼もしていたので、どうしても自然と彼女に頼るような言動も多くなったものだ。アリシアには時折嫉妬で嫌味を言われたりもしたが。

「ふーん、私よりフェンリルさんなんだ。ふーんふーん、ふーん？」

と言った感じだ。そのあとは美味《おい》しいスイーツをおごらなければなかなか機嫌を直してくれない大聖女様であった。

ま、それはいい。彼女には聞きたいことの続きを聞く。

「話を戻すが、俺たち人間がいる方が疑問というのはどうしてだ？」

そんな俺の言葉に、彼女は訝《いぶか》し気な表情を浮かべつつも、はっきりと答えてくれた。

「それは決まっているだろう」

彼女はレッドドラゴンの解体されている現場を眺めながら言う。

「人類は既にほとんどが死に絶えた。残っているのは『滅亡種人類王国』くらいのはずだからだ」

「な、なにいいいいいいいいいいいいいいいい!?　人類が！　め！　め！　め！　あばばばば！」

気絶しながら狼狽するとは器用な奴だな。

俺は苦笑しながらも、半分予想があたっていたことに落胆する。

「なるほど、どうやら神代回帰とはいえ、いつ頃かと思っていたが、どうやら宇宙癌《がん》ニクス・タルタロスに女神イシスが倒され、ニクスがしばしの眠りについた頃か。だが思ったよりマナが多いな」

そこが少し疑問ではあるが、とりあえず話を聞く方が先決か。

「そうだ。星の女神は眠りについた。宇宙からやってきた化け物も相打ちでダメージを負っている。しかし、こうして日に日にモンスターの襲撃は強まっている。惰弱な人類種はほぼ駆逐されて、一国を残す状態だ」

「王の名前は？」

俺の質問に、フェンリルは答えた。

「冥王ナイア女王。彼女がお1人で滅亡種人類の最終防衛ラインを『クルーシュチャ』国で堅守している」

「ここが滅亡種人類王国クルーシュチャか」

「凄まじい壁の高さだな！　へ、へへへ。これならあのレッドドラゴンたちだっておいそれと入ってはこられねえだろう。ひへ、ひへへ」

「そうでもない。というか、普通に入ってくる。バリスタ隊や対空迎撃部隊が対応はするがな」

「ひぃぃぃぃぃぃぃ！　戻りたぃ！　現代に戻ってゆっくり眠りてえよう！」

「アリアケとやら。このビビアというのは本当に連れて来て良かったのか？　明らかにお前の足手まといにしか思えないんだが？」

俺はその言葉に微笑みつつ、

「俺に追いつこうと必死にしがみついてくる弟子を振りほどいたりはしないさ。それに不出来な子ほど可愛《かわい》いという言葉もある」

「ふむ、なるほど、出来の悪い子供か！　なるほど、それなら理解できる。お前は優しいのだな、アリアケ」

「ざっけんな！　誰がてめえの弟子だあああああああああ！」

ビビアがたちまち激高する。フェンリルは眉根をひそめて、

「とはいえ、こうもうるさいとかなわんな。少し黙らせるか」

「ひ！　ひぃ!?　お、お助けをぉぉおおおお!?」

フェンリルにトラウマのあるビビアはたちまち腰を抜かして後ずさる。

「なんでこいつは私に対してこんなに及び腰なんだ？　私が何かしたか？」

「過去に、お前と似た相手に散々やられてな」

「なるほど、戦いの古傷か。名誉の負傷といったところか。だが、それに怯えてばかりでは前には進めんぞ、下級勇者ビビア」

「ぐぎ！　ぐぎぎい！」

実際は名誉の負傷どころか、呪いの洞窟でのクエストの失敗によって、勇者パーティーの評判は以後下降の一途をたどるのだが、それは過去のフェンリルには関係のないことだろう。

そんなよもやま話をしていると、俺たちはフェンリルに案内されるまま目的地に着いた。

「滅亡種人類王国クルーシュチャにおける中心。冥王ナイア様のいらっしゃる宮殿だ。粗相のないようにな。特に下級勇者よ。漏らしたりしたら首を刎《は》ねるぞ」

「さすがに漏らしたりしねえ！」

よく胃の中のものはぶちまけているがなぁ。

だが言わぬが華だ。入城禁止にされてもらっては困る。

俺たちは玉座の間へと通された。神殿づくりの宮殿の中は、官吏たちが忙しく走り回っているが、玉座の間でさえ、官吏たちが行列を作っていた。滅亡に瀕しているのだから当然だな。

と、その行列の合間から、ひょっこりと首を出した幼い容姿の少女が見えた。

こちらを視認するや、

「おお、新たな敵かあああああああああああああ！　ついに宮殿の中にまで攻め入ってきたか、イヴどもめえええええええええええええ!!」

そう言って、官吏を飛び越えるようにして大きく跳躍しながら、こちらへ深紅の大鎌を振りかざしてくる。

だが、深紅に染まるはその大鎌だけではない。

髪の毛や瞳の色も深紅に染まっている。

美しき少女であるにもかかわらず、ルビー色の髪を翻し、空を舞う姿は蝙蝠《こうもり》のようだ。

ギイイイイイイイイイイイイイン！

鋭い刃《やいば》が俺に直撃する音が、宮殿に伝搬した。

《物理無効》。あんたが冥王ナイアか。俺は下級勇者パーティーの……まぁポーター《荷物持ち》のアリアケだ。

こっちは下級勇者ビビア」

「……」

「ふむ、丁寧な挨拶痛み入る。我は冥王ナイアじゃ。我が一撃を防ぐとは邪神の使いのくせに天晴《あっぱれ》である！　褒めてつかわす！　ゆえに、死ねえええええええええええええええええええええええ!!」

ギチギチギチギチギチギチ!!

深紅の鎌から炎が噴き出し、俺の物理無効を貫通した。

「《回数付き回避》。さっきイヴがどうと叫んでいたが、俺はそのイヴとかいう人外《もの》ではない」

「なんじゃと!?　だが、それをどうやって証明する！　そっちのビビアという男は、さっきから泡を吹いて失禁しているではないか！」

「すまない、ナイア女王。失禁はするなと言っておいたんだが……」

「うむ！　玉座の間で失禁をするとは前代未聞。勇者が何かは知らんが、失禁勇者とやらが味方とは到底思えぬ！」

「下級勇者なんだが、まぁ、そうだよなぁ」

いきなり現れた正体不明の男が、よりにもよって玉座の間で失禁すれば、敵味方問わず斬首刑だろう。

味方だと説得しても意味がない。

失禁だけはしないと思っていたが、俺の認識が間違いだったようだ。まだまだ俺もビビアへの評価が甘い。

と、そんな会話やら猛省やらをしていると、フェンリルが口を開いた。

「すみません、ナイア様。この者たちは獣人たちの村を救うのを手伝ってくれました。正体はよく分かってはいないのですが、以前ナイア様が正体不明の旅人をもし見つけたら連れて来いと言っていたので案内したのですが……」

「うむ！　星見《ほしみ》がそう言っていたからな！　『七人の英雄』が現れると！　そして人類滅亡を回避する重要なキーパーソンっぽい！　とのことなのでな！　であるが！」

ドン！！！　と鎌を地面に置くが、それだけで、レンガの床がくだけた。

「マジでこやつがそうなんじゃろうか？　我が星見を疑いたくはないが、ちょっと冥王的に信じたくないみたいな感じになってるぞ！」

「はぁ、そうですね。ただ、こちらの大賢者アリアケ殿は素晴らしい力を持っていますので問題ないかと。そのビビアとかいう男はアリアケ殿の弟子だそうです」

「そういうことか。だが弟子は選んだ方がいいぞ、アリアケよ！」

「お言葉痛み入ります。女王陛下」

「ナイアで良い！　うむ、だいたい分かったし、我が鎌を受け止めたのだから、お主について文句はない！　ビビアについては保留にしておくが、とりあえず雑巾で床を拭かせたい」

「ええ、自分のことは自分でするように教えているので大丈夫だと思います、ナイア女王」

「うむ！　なら良し！　でだ、アリアケよ。お主らには積もる話もあるし、そなたらも色々話を聞きたいであろう。だが、見ての通り人類は滅亡しかけておってな、ちょっと我の手が止まると、人類の息の根が止まるのだ。しばし待てるか？」

「もちろんです」

「ちなみに、そなたも王の風格があるが、あっているか？」

「いちおう王もやっていますが、俺のことも、今のままアリアケでいいですよ」

「そうか、アリアケよ。我は余り他人行儀なのは好まぬ！　ということで言葉に甘えアリアケと呼ぶ！　大儀であった！　ちょっと待っててくれ！　フェンリルも大儀であった！　帰って来て早々ですまぬが、アリアケたちをもてなしておいてくれぬか？　ああ、それにしても、あそこの獣人の村もそろそろ厳しそうよな。腐ったドラゴンがああも跋扈《ばっこ》していてはなあ！」

腐ったドラゴン？

レッドドラゴンではなかったのか？

と、そんなことを考えているうちに、既に冥王ナイアは「では、またあとでな！　アリアケ！」と言いながら、玉座へと戻って行った。行列をつくる官吏たちは2倍に増えている。

「とりあえず泊まる場所を確保する必要があるだろう。ナイア様がおっしゃったように細かい話はまた後でしよう。長旅だったのだろう？　疲れをいやすが良い」

「いや、その前に」

「？」

俺は彼女の言葉をさえぎって言った。

「ビビアを起こして床を掃除させてから行くとしよう」

「……そうだったな。まったく、面倒だな。頭からかぶりついてやろうか、ブッブツ」

フェンリルの面倒そうなぼやきが、俺の耳朶を打ったのだった。

こうして下級勇者パーティーは、ひとまず滅亡種人類王国『クルーシュチャ』の冥王ナイア女王と、無事謁見《殴り愛》をすることが出来たのだった。

「ここがお前たちの仮住まいとなる」

フェンリルが案内してくれたのは、それなりの広さのレンガ造りの家だった。

清掃も行き届いていて、ありがたい。

食べ物もフルーツなどが置かれている。見たことがない形状で、リンゴに見えるが少し色合いが違う。紫色だ。後で食べてみよう。

ちなみに、ビビアは後で来る。今は自分の不始末の処理をしていることだろう。

「食事は係りの者が一日2回運んでくるから、それを食べてもらえればいい。あと、これは当座の金だ。過不足あったらこれで賄え」

「ありがとう。ビビアの分は……」

「あいつに渡せば即座に使い果たしてしまいそうだ。お前に渡しておく」

「ははは、あいつもそこまで馬鹿じゃないさ」

「ああ、うん……」

フェンリルが何か言いたそうな表情をしたが、言葉を呑み込むようにした。

「ところで、ナイアとはいつ話せるんだろう？」

「呼び捨てとは無礼な、と言いたいところだったが、お前も王なのだったか。ナイア様も許可していたし、なら問題ないか。うん、ナイア様は忙しいからな。数日以内には時間を確保するよう努められるかとは思うが……」

「その通り！　我は忙しい！　だが、時間は作るものである！　今ここに満を持して冥王ナイアちゃん登場！　である！」

ババン！　という音が聞こえてきそうな勢いで、扉が開け放たれた。

そこにいたのは、相変わらず長い深紅の髪と瞳が特徴的な冥王ナイアであった。

小さいが、何となく威厳がある。身長の2倍以上ある大鎌は剣呑《けんのん》この上ないが。

腰に手を当てるポーズがよく似合っている。

そして、フェンリルはあちゃーという顔をしていた。

「ナイア様、公務はどうされたのでしょうか？」

「休暇である！　我だって休暇が欲しい！　何週間連続勤務か！　ワークライフバランスをなんと心得るか！」

「人類滅亡のカウントダウン中なので仕方ないかと」

「冗談である。人類滅亡に際して、そこなアリアケと話すことは優先順位の最上位というだけだ。ついてくるが良い！」

俺は見慣れないリンゴに似た食べ物をかじりながら、返事をする。

「どこに行くんだ？」

「むっふっふー。い・い・と・こ・ろ」

ナイアが色っぽさを出そうとして、しかし、小さいので色っぽさが全く感じられない回答を寄越した。

「って、酒盛りじゃないか」

「うむ、人の創り出した文化の極みであるな！　素晴らしい！　我を虜《とりこ》にするなぁ、この星の営みは！　ここのエールは！　ぷはぁ！」

「大げさな。それにしても、乾杯もせず、もう飲んでるのか、やれやれ。ぷはぁ」

「そなたも飲んでいるではないか、わっはっはっは！　ういやつよ!!」

歩いて5分くらいの場所にある酒場にいきなり入ると、周囲は騒然とした……と言いたいところだが、最初ざわついたものの、周囲の人間たちは大いに盛り上がった。

どうやら、よく来るらしい。

「王様が市井に顔を良く出すのは珍しいなあ」

「そうなのか？　我はそんなこと考えたこともなかったぞ？」

「少しは考えろ」

と、言いたいところだが、俺も似たような口だった。人のことは言えない。

「それになぁ、アリアケ。小難しい話をする時に辛気臭い感じでするのはどうかと我は思う。楽しくやろうではないか。せっかくの終末であるぞ？　レアではないか？　まぁ、そなたのいた未来でも終末だったらしいが、そなたが世界を救ったのであろう？」

いきなり核心的な話をするので、仕方なくエールを呷《あお》る手を止めた。

「やれやれ。なぜそのことを……」

知ってるのかと、聞こうとした時であった。

「なんでそのことを知ってやがる!?　この胡散臭いガキがあああああああああああ！」

バーンと扉が乱暴に開かれて、ビビアが入ってきた。

「おお、下級勇者ビビアとやらではないか。ふむ、そなたの文化ではどうかしらぬが、小水はトイレでしてほしい。床でするものではないはずだ。で、合っているか、アリアケ？」

「ビビアもしたくして粗相したわけではない。いきなり神代回帰し、トラウマのフェンリルに出会って死にかけ、ビビり散らかしていたところへ、大鎌を持った少女に襲撃されて、ついに限界に達したんだろう。俺の保護者責任が問われる事態だ」

「そうか。まぁ一歩ずつ前進するのが人類に良いところだ。下級勇者ビビアよ、これからもアリアケの下で励むが良い！　此度《こたび》の粗相の件は、我が冥王ナイアの勅命により、無罪放免とする！」

「良かったな、ビビア」

「粗相、粗相言うんじゃねえええええええええ！　あれは心の汗だ！　俺は漏らしてねえ！　冤罪《えんざい》だ！　冤罪！」

怒鳴るビビアに、

「黙れ、噛《か》みつくぞ」

隣でもくもくと飲んでいたフェンリルがガルルと牙をむくようにして言った。

「はひぃ!?」

「おっと、これ以上やってはまた粗相するかもしれんな。自重するとしよう」

フェンリルはエールを再び飲み始める。

「ほう、あの下級勇者とやらは玉座の間で粗相をしたのか？」

「なかなか大物だな」

「よく首と胴体がつながってるもんだ。幸運なしょんべんたれ勇者ビビアか、わははははは！」

「ぐぎ!? ぐぎぎぃ!!」

さて、周囲で飲んでる者たちも酒が入って楽しそうにしているが、ビビアも歯ぎしりはしているものの静かになった。

話を元に戻す。

「とりあえずビビアの言った通りだ。どうして俺たちが未来からやってきたことを知っているんだ？」

「うむ。そなたから言うと神代である今は、マナの量も多い。ゆえに予知、とはいかぬが、星見をする能力者などもいる。それゆえにある程度、未来の姿が分かったりするのだ！」

その言葉に、フェンリルはグラスを置いて補足する。冥王ナイアは勢いでしゃべりがちなので、通訳のような役割を時々果たしているのだろう。

「あなたたちのような旅人が突如現れることも星見の者が言っていたらしい。星見に私は会ったことがないがナイア様からそう伺っていた。最終的には七人の旅人《英雄》が現れる、と」

「一つ確認なんだが」

俺は端的に聞く。

「ここは実際に俺のいた世界につながる過去、ということでいいのか？　例えばだが、ここで起こったことは未来を変えることにつながるんだろうか？」

「当然である」

ナイアは即答した。

「世界は１つである。未来も過去も変えることが可能である。要は未来は可変である。この神代で人類が滅亡すれば、未来の人類も滅亡することになるぞ」

「あっさり言うな」

「わははは！　世界の危機！　滅亡の危機！　いつものことである！　良い酒の肴《さかな》である。うむ、旨い!!」

「ひいいいいいいいいいい、世界が！　世界が滅ぶなんて!?　し、信じねえぞ！　俺は信じねえ！せっかく俺が邪神を倒したってのにいいいい!?」

「わっはっはっは！　うむうむ、下級勇者お漏らしビビアも良い反応である！　酒も飲む！　世界も救う！　両方したら万事ＯＫである！」

「うおおおおお！　デリアー！　デリアー！　戻りたい！　現代に戻りたいいいいい！」

もうお漏らしビビアのあだ名に反論する気力はないようだな。

「そうか。まぁ未来に俺を送ることが出来るなら、過去に戻すことも出来るだろうとは思っていたが、まさか神代とはなあ。ところで、この時代の俺はどうなったんだ？」

「うむ。それも星見が見た。既に星神イシスと宇宙癌ニクス・タルタロスは痛み分けを喫して、完全なる眠りと休息についた！　大地の半分は海底に沈み、イシスは未来へ１人の才ある少年を時空転移させたようである！」

ふむ。

その割にマナが随分残っているんだな？

星神イシスの話では俺を時空転移させることで星のマナを枯渇させ、邪神ニクスとの戦いまでの時間を稼ぎ、辛うじて痛み分けの状態に持ち込んだのだと記憶している。

なのになぜだ？

「ちょ、ちょっと待てよ。邪神が休眠してるなら、この有様は何なんだよ!?　人類が滅亡するほどの敵がせめて来てんだろ!?」

「うむ！　噂《うわさ》によれば『魔王』？　とかいうのが出たみたいでな。モンスターを操って人間を襲撃しているのだ」

「それは本当か？」

「うむ？　何か疑問でもあるのか、アリアケよ」

「いや、この時代の魔王はモンスターを操るのか、と思っただけだ」

俺の時代の魔王リスキス・エルゲージメントは、そういう能力はなかったからな。どちらかと言えば、そういうのは宇宙癌ニクスの領分だった。

「ふむ、未来の魔王は違うのかもしれんな。あのレッドドラゴンはイヴの子という因子を埋め込まれて操られておる。統率が取れていて厄介だ。他にも色々と厄介な敵が多い。というわけで、アリアケとそのお供ビビアに頼みがある！」

「ははは、俺はリーダーじゃない。このビビアがリーダーだ」

「そ、そうだ！　俺こそが世界を救う勇者ビビア！　勇敢なる真の救世主様だ！」

威厳を取り戻そうと、胸を張ってビビアが主張した。

「そうか、それは失敬！　では下級勇者ビビアに正式に依頼する！　今代の魔王を討伐し、人類を滅亡から救済せよ！　この神代救世こそが、そなたらの未来をも救う偉業となる！」

「ほんげえええええ!?」

ビビアが絶叫した。

威勢がいいな。

「ふ、ビビアもやる気のようだ。任せておいてほしい、ナイア。魔王を倒し、弱気を助け、人類を救い、世界を救済するのは勇者本来の役目だ。その命令がなくとも、勇者ビビアは立ち上がるつもりだったろう」

「ほげげげげ!?　ほげえええええええええ!?」

何勝手なこと言ってやがる、アリアケエエエエエエエエエエ!?

という声が、なぜか聞こえた気がしたが、気のせいに違いあるまい。

「そうか！　うむ、頼んだぞ、下級勇者ビビアと、その保護者アリアケよ！　……そして、聖獣フェンリルにも命ずる！」

「はい！」

フェンリルがグラスを置いて頷《うなず》いた。

それにしても未来とは随分雰囲気が違うな、今更だが。

「お前はアリアケたちのパーティーに一時的に加入して、その戦力となるがよい！」

「はい！　分かりました！」

「うむ！　今日は良い日だ！　計画が進むのは気持ちが良い！　わっはっは！　店主！　我の奢《おご》りである、皆の者、大いに飲むが良い！」

その言葉に、

「おおおおおおおおおおおおおおおお！」

「王様さいこー!!」

「滅亡するまで楽しく生きてやるぜー！」

周りの酔客《すいきゃく》たちが大声で歓声を上げた。

「ふ、追い詰められても人類というのはこうも明るく振る舞えるものか」

俺は微笑む。

「うむ、だから我は人間が好きだぞ、アリアケ」

「そうか」

俺は彼女の言葉に頷きながら、注がれたエールを飲み干すのであった。

こうして、俺たち下級勇者パーティー一行は、神代救世のための旅に出ることになったのである。

2、魔王イヴスティトル討伐戦線

さて、酒盛りをした翌朝。

玉座の間にて、俺たちは詳しい情報を冥王ナイアより直々に聞いていた。

「魔王の名は、魔王イヴスティトルという。そやつを倒せば操られたモンスターどもの襲撃も収まるはずである！」

「場所も分かっているのか？」

「無論である！」

えっへん、といった風にナイアが鼻を高くした。

「はああああああああ!?　場所も分かってんなら、てめえが行けばいいだろうが！　わざわざ勇者ビビア様が行くまでもねえ！」

「うむ、お漏らし太郎よ、それも一理ある」

「誰がお漏らし太郎だ！　俺のあれは心の汗だと何度言えば理解しやがる！　おおおおおん!?」

「ビビアよ、無礼な口をきくなら、むしゃむしゃするぞ？」

「ひぃぃぃぃいいいい!?」

フェンリルのドスの利いた声に、ビビアが震えあがった。

幸い再失禁はしなかったので、周囲の官吏がホッとする。

「まぁ、とはいえ、お漏らし太郎《ビビア》の言葉は確かに道理ではある。ナイアの力なら倒せるかもしれないと思うのは、庶民感覚としては道理だしな」

俺の言葉に口をパクパクとするビビアは、震えているが何か抗弁しているようだが、とりあえずスルーする。

「うむ、アリアケよ、その通りである。だが、我がもし敗北したらどうする？　滅亡種人類王国が本当に滅亡してしまうであろう？　そんな1か0のような賭けをするわけにはいかぬ」

「な、なら、俺たちなら死んでもいいってのかよう～!?」

ぺぺぺぺぺ！　と何とか復活したビビアが唾を飛ばした。

どこまでいっても、汚さから離れられない星の下にでも生まれたのかもしれないなぁ。

自然と不出来な弟子へ憐憫《れんびん》の情がわく。

「ふむ、その点ならば大丈夫であろう！　そなたらは負けぬ！　なぜなら、そなたらは未来から来た選ばれた戦士。運命と誉《ほまれ》を一身に受ける者なのだから」

そう力強く深紅の女王は言う。

その言葉に、たちまちビビアはニヤリと唇を歪《ゆが》ませて、

「ぐひひひ！　確かにそうだ！　わざわざ神代という時代が俺の力を求めて召喚したんだからなぁ！　どうして俺が負けることがあるだろうか？　ぐひ！　いや、ない！」

たちまち上機嫌になった。

最近は牢屋に閉じ込められたり、石を投げられたり、聖剣を没収されたりしていたので、ストレートな賞賛に気をよくしたのだろうなぁ。

「まぁ、リーダーのやる気が出たようで何よりだ。それで、その場所というのは？」

うむ！　と頷いてナイアはその場所の名を言う。

「『呪いの洞窟』と言われる場所である」

「はひ？」

ビビアの間抜けな声が聞こえた。

ふむ、どこかで聞いたことのあるダンジョン名だな。

「その99階層に魔王がいることが確認されておる！　立ち入ればたちまち死が約束されるという、人が決して立ち入ることのなき呪われた場所と言われている！　奴はそこからイヴの因子をモンスターに植え付け、変質させて人類を襲わせておる！　今まで幾人もの戦士たちがその討伐を試みたが一敗地に塗《まみ》れた。勇者ビビアとその保護者アリアケ、そしてフェンリルよ、見事魔王イヴスティトルを討伐するよう、冥王の名において依頼する！」

「ひ、ひぃ!?　そ、その場所は俺がフェンリルに未来で殺されかけた場所じゃねぇかあああ！　嫌だ！　嫌だ！　行きたくない！　あああああああああああああああああ!!」

ビビアは絶叫して拒否する。

ああ、なるほど、あの勇者パーティー没落のきっかけになったダンジョンか。

だが、こうしてトラウマを克服する機会を得られたことは彼にとって成長のチャンスだと、保護者の俺はその幸運に感謝した。

なので、

《筋力低下》

《スピードダウン》

《攻撃力低下》

「ひい!?　何しやがる!?　放せ！　放せえええ!!」

俺は彼に弱体化のスキルを使用して抵抗できないようにした。

そして、勇者パーティーが未来において瓦解する始まりとなった地。『呪いの洞窟』へと、鼻水と涙を流しながら嫌がる下級勇者ビビアと、トラウマの根源であるところのフェンリルを連れて、魔王討伐の旅へと出発したのである。

幸いながら、かのダンジョンのマップは、最優のポーターである俺の頭の中には、当然のごとく入っている。

「おい！　アリアケ！　ここはさっきも通ったじゃねえか！　ったく、本当にてめえはヘボだなぁ！」

呪いの洞窟35階層に、ビビアのだみ声が響いた。

俺は苦笑しながら、実際2度目のルートを通る。

いちおう、色々と事前に説明はしたのだが、まぁ戦闘に目が向いているといったところなのだろう。

だが、俺のその考えは甘かったらしく、下級勇者パーティーに臨時加入していたフェンリルが淡々と指摘した。

「下級勇者よ、お前は何を言っている。ここは2周することで初めて地下への階段があらわれるギミックだ。アリアケ……いや、アリアケ殿のしていることは信じられないくらい高度なことなのだぞ？」

「大したことはない。それにこのダンジョンは2度目でな」

「30階層以降はダンジョンの形状が変化する。謙遜することはない」

「なんだ、ばれてたのか」

「私もここにはソロで潜ったことがあるのでな。というか、途中まで一緒にいた同行者が序盤の階で全滅しただけだが……。最終的に私もこの辺りで引き返したのだ。だが、今回は楽にここまで来られた。さすがアリアケ殿だ」

「これくらいはな。ポーターと名乗る以上は、威張るようなことじゃないさ」

「やれやれ、賢者は謙遜がお得意のようだ」

なぜかフェンリルが呆《あき》れた表情をした。

最初は鉄面皮っぽい少女だったが、だいぶ色々な表情を見せてくれるようになったと思う。

「おい！　俺は下級勇者とか言ってるくせに、なんでアリアケのヘボ野郎は〝殿〟とか付けてんだ！　この犬っころがぁ！」

「む、別に他意はない。黙っていろ、超下級勇者ビビア」

「きいいいいいいい！　下級だけでも最悪なのに、『超』をつけんじゃねえええええ！」

ビビアに対しては絶対零度の表情が多いような気がするが、恐らく気のせいであろう。

さて。

2周したところで、『ガゴン』と、壁が崩れたような音がした。

「よし、次の階層への階段が現れているはずだ。ああ、あそこだな。物陰に隠れて見えにくいが……」

「明かりもほとんど全域を照らしているから、確認も容易なのか。凄いな……」

「はぁ!?　ダンジョンを明るくしてるくらい大したことねえ！」

「ああ、その通りだ」

「いや、このダンジョンは魔王が作り出したモンスターの一種だと言われている。ゆえに、全域を照らすことは不可能に近い。それを簡単にやっているアリアケ殿は、奇跡を起こしているようなものだ」

「大げさな奴だなぁ」

俺は苦笑する。

「ちなみに、どうやってるんだ?」

「本来、魔法使いがいれば《魔力貯蔵》といったスキルで、魔力量を大幅にアップさせる。だが、今回は魔法使いがいないからな。俺が《暗視》《着色》《幻視》という複合スキルで対応している。だから実際に見えているわけではない」

「はあ!?　意味が分からねえ!?　見えてないわけがねえだろうが！　現に俺のハンサムな表情が聖剣に映ってるんだからなぁ！」

キラリと、聖剣の刃にビビアが歯を見せて笑みを浮かべた。

ふぅ、とフェンリルが嘆息しつつ、

「その奇妙な表情が何のつもりかは知らんが……。アリアケ殿が言っているのは、元の色はほぼ真っ黒ということだ。だが、それに色をつけてくれるスキルを使用して、我々に見せてくれているということだろう」

「元々は絵描きが使うスキルなんだがな」

「変なスキル使うんじゃやねえよ！」

「いや、こうして役に立っているのだから凄いことだ……。本来戦闘とは無関係なスキルさえ、難なく応用してしまう。つまり、発想力が桁違いなのだろう。さすがアリアケ殿だ」

「はぁ!?　偶然うまくいってるだけだろうが！　それにすぐ俺の力を思い知ることになっ……！」

スキルに関する情報交換をしながら、地下への階段へビビアが先頭に立って進もうとする。

俺のナビゲートは安全確保を優先しているため、進みは遅めだ。ゆえに、戦士の血が騒いだビビアが血気にはやったのかもしれない。

それはしかし、集中力の欠如という最もおかしてはならない行為であった。

「気を付けろ！　ビビア！　モンスターが出るかもしれん！」

「分かってるっての！　次の階層からモンスターが更に強くなってる可能性くらい、俺だって理解して……！」

「そうじゃない！　先ほど壁につけておいたナビゲート用の傷痕《きずあと》がない！　この周囲一帯が罠《わな》の可能性がある！」

「え……？　ぐへあ!?」

『ザン！』


骸骨の騎士たちがワラワラと湧き出してきた。

俺のいた現代であれば、大した敵ではない。せいぜい、B級モンスターで、俺の支援を受けたビビアなら負けることはないはずだ。

だが、

「魔王イヴスティトルの因子を受けたモンスターだ、一体一体がA級に匹敵する強さを持っている！　油断するなよ！」

フェンリルが叫んだ。そして、一方のビビアだが……、

「ふぅ、助かったなビビア。よくやってくれたフェンリル」

「別にアリアケ殿のためじゃないし」

「ひいいいい、いでえええええよおおおおおおお！」

フェンリルから咄嗟に蹴り飛ばされたことによって、ビビアは反対側の壁に激突していた。

そして、彼の元いた場所には、骸骨騎士の鋭い斬撃痕が残っている。急所を狙った凄まじい一撃だ。

俺は蘇生魔術が使えないから、危なかったな。やはりアリシアがいてくれればなぁ、と思う。

「ちくしょう！　ちくしょう！　許せねえ、許せねえ！　馬鹿に！　馬鹿にしやがってええええええええええええ！」

俺の言葉など一切聞こえないようで、ビビアは怒りに打ち震える。

「《クリティカル率アップ》《クリティカル威力アップ》《攻撃力アップ》《スピードアップ》《聖魔力付与》」

ドゴオオオオオオオオオオオオオオ！

「「「「ぐぎいいいいいいいいいいいいいいいいいい!?」」」」

4体の骸骨騎士が、まとめて胴体ごと聖剣ラングリスにより斬り裂かれた。

「なっ!?」

フェンリルが驚きの声を上げる。

「許さねえぞおおおおおおおおお！　この雑魚モンスターどもがあああああああああああ！　よくも吹き飛ばしやがったな！　うがあああああああああああああああああ！」

どうやらフェンリルに蹴られた事は分からなかったらしい。

黙っていよう。

「ビビア！　少しは慎重に動け！」

「うるせええ！　それをサポートすんのが、ゴミポーターのてめえの仕事だろうがああ！　アリアケェエエアアアア!!」

「ふ、違いない」

俺は死ぬことすら恐れずツッコんでいくビビアに感心しながら、スキルを発動する。

「《即死回避》《回数制限付き回避付与》《鉄壁》」

「くあーっはっはっはっは！　死ねやオラアアアアアアアアア！　勇者様の前にひれ伏せオラアアアアアアアアアアアア！」

死生の狭間ぎりぎりでビビアは戦う。

「凄いな」

「ああ、あれこそが勇者ビビアだ」

「いや、一番凄いのはアリアケ殿のスキルだが……」

「そんなことはないと思うが？」

俺の返事に、彼女はなぜか呆れた表情を浮かべてから、言葉を続けた。

「だが、それにしても奴の、あの死を恐れない態度は凄いな」

「ああ、そうだな」

俺は頷く。

ビビアの戦い方は本当にぎりぎりの戦いだ。少しでもミスをすれば、確実に致命傷を受ける。

と、ビビアが首の皮一枚の距離で、相手の斬撃を回避した。

思わず彼は悪態をつく。

「くそがぁ！　あぶねえ！　まぁ、最悪蘇生してもらえばいいんだけどな！　はっはー！」

ん？

俺は違和感を覚えて首を傾《かし》げる。

ああ、そうか。

ポンと俺は手を打った。

そして、大声で告げる。

「おーい、ビビアー！」

「っだよ、アリアケ！　今は戦闘中だ！　話しかけんじゃねえ！　てめえは、馬鹿みてーに、俺の活躍を見守ってりゃいいんだよう!!」

「まぁ、それはそうなんだが……」

戦闘中に、前衛の集中力を途切れさせるのは悪手以外の何物でもない。

だが、これは多分、伝えておかないといけないのではないかと思い、仕方なく続けた。

正しい情報の取得は、勝利条件の重要なファクターだ。

「すまない！　1つだけだ。これだけは伝えておきたい！」

「だよ！　なら早く言え！　おらあ！　最強勇者、ビビア・ハルノア様のお通りだああああああ
ああああ！　わーはっはー！」

意気軒昂《けんこう》、鎧袖《がいしゅう》一触といった感じのビビアに俺は伝えた。

「アリシアがいないから、蘇生魔術は使えないぞ〜。死んだら終わりだ〜。そこらへん気を付けてな〜」

「はーっはっはっは！　分かってる、分かってる！　まぁ、ミスっても生き返って……。ん？　ミスったら生き……。あれ？」

突然、ビビアの動きが止まった。

そして、敵中でプルプルと震えはじめる。

「ひいいいいいいいいい!?　しょ、しょうだった！　だ、大聖女いねえんだった!?　し、死んだら、死!?　さ、最初から言えよ!?　わ、分かっていれば俺は前衛なんて。うわあああああああ!?」

なぜか動きを止めたビビアに敵がチャンスとばかりに殺到する。

「ア、アリアケエエエエエエエエエ！　だ、だずげでぐれえええええええええええええええええええええ!?」

敵に囲まれ、たちまち勇者ビビアが見えなくなった。

「ビビア！　いきなりどうした!?」

まさか、蘇生魔術がないだけで、あそこまで動けなくなるはずがない。

何せ彼は勇者なのだ。

「もしかすると！」

骸骨騎士と同様に、新たな罠をダンジョンが発生させたのかもしれない。

「何かトラップがあったのか!?　くそ！」

「いや、あれは普通にビビッて、腰が抜けただけでは？」

フェンリルは言う。

だが、俺は静かに首を横に振り、

「ビビアは歴戦の勇者だ。今更その程度のことで腰を抜かすはずがない。そんな奴はそもそも勇者とは言えない」

「そうかなぁ～。アリアケ殿はその、奴……と言うか幼馴染《おさななじみ》だったか？……への評価だけが、甘すぎるような……。まぁ今はそんなこと言っている場合ではないか！」

フェンリルはそう言って、

「私にも支援スキルを！　アリアケ殿！」

その言葉に俺はすぐに応じた。

勇者ビビアの数秒後の死を回避するのだ！


「ひいいいいいいいいいいいいいいいいいいいいい！」

ビビアの泣き叫ぶ声が群がる骸骨騎士たちの中心から響く。

「アリアケ殿！　私にもスキルを！」

「ああ、頼むぞ、フェンリル」

「任せておけ！」

俺はスキルを詠唱する。

それにしても、最初に出会った頃は、俺に対して隔意があったようだが、今は随分心を許してくれているようで、戦闘も阿吽《あうん》の呼吸で行えるようになった。

やはり、一緒に冒険すればこうして心を通わすことになるのだな、と思う。

（ん？　だが、ビビアに対してはそうでもないような？）

いや、気のせいか。

恐らく、心の底では信頼しているに違いあるまい。

「行くぞ！　《スピードアップ》《物理攻撃力アップ》《魔力増強（大）》」

「凄い！　いつもの100倍以上の力がみなぎる！　あなたなら、どんな若輩者でも一流の戦士にしてしまえそうだな、アリアケ殿！」

「ははは。それが俺の役割だからな。大したことじゃない」

「いや、そこは自覚したほうがいいと思うが……。とにかく、あの半泣きになっている、あなたの弟子ビビアを救出する！」

（うむむ？　なぜかビビアに対してはちょっとだけ辛辣なのか？　いや）

俺は首を横に振る。

（言いたいことを言えるのも、信頼の証《あかし》だ）

俺はそう思って微笑んだ。

何より、彼女との共闘に集中した。

「はぁ！！！」

彼女が10体以上群がっている骸骨騎士に突撃する。

「爆狼爪《ばくろうそう》!!」

ドオオオオオオオオオオオン！

「「「ぎぃいいいいいいいいいいいいいいいいいい!?」」」

魔力を爪にこめてたたきつけて斬撃と共に大爆発を起こす技だ！

集中していた骸骨騎士たちが吹き飛ぶ。

ついでに、

「あんぎゃあああああああああああ!?」

ビビアも同時に吹き飛ばされているが、

《無敵付与！》

彼にだけは吹き飛ばされる寸前にスキルを使用して即死を回避する！

「アリアケ殿！」

「ああ」

俺と彼女が刹那のアイコンタクトで意思疎通を行う。

まるで何十年も一緒に戦ってきた戦友のような動きに、俺は戦い易さを感じる。

あたかも、賢者パーティーで戦っている時のような安心感だ。

勇者パーティーの場合は、逆に緊張感が保てて、人を育てている充実感があるのだがな。

さて、フェンリルの意図を汲《く》んで、俺は一瞬にして、複数のスキルを当然のように行使する。

「《片手剣装備》《アンデッド必滅》《剣攻撃回避》《カウンター》」

「さすが、ポーター……。いや、賢者アリアケ殿だ！」

フェンリルは倒した骸骨騎士から剣を奪うと、それを左手に装備して戦う。

リーチを確保しつつ、右手では先ほどの爪を利用した攻撃を繰り出している。

キン！　ザシュ！

ガギン！　ザン！

ひらり！　ズシャ！

リーチのある剣で、骸骨騎士の攻撃を弾《はじ》くと、そのカウンター攻撃として爪による斬撃を喰らわせていく。

まるで剣舞を見ているような華麗な動きで、骸骨騎士は翻弄されるばかりだ。攻撃は弾かれ、かわされ、その都度、骸骨騎士の数は減って行く。

その上、俺のスキルによって、対アンデッドへの攻撃力は尋常ではないレベルで上昇している。A級モンスターにも及ぶ敵を、まるで赤子の手をひねるような俺たちの姿は、はたから見れば神話のように語られるものかもしれない。

「ぐ、ぐごおおおおおおおおおおおおおおおおお！」

果たして、最後の1体が起死回生の一撃とばかりに、自身の得物を投擲した。

それは、他の骸骨騎士の仲間が切り裂かれた身体を使った死角からの攻撃である。

しかし、

「悪くない攻撃だな」

「ぎいいいいい!?」

骸骨騎士に意思があるのかどうかは分からない。だが、その瞬間確実に骸骨騎士に恐怖が走ったように見えた。

不意打ちで投擲したはずの剣を、フェンリルは見ることすらせずに柄《つか》の部分を摑むと、その勢いのまま遠心力を利用して、その残り1体の骸骨騎士へと投げ返したのだった。

無論、そんな一撃をかわせるはずもない。

骸骨騎士は眉間の部分にその一撃を受けると、頭部を爆散させて、その場にガシャリと崩れ落ちたのだった。

「さすがフェンリルだ。素晴らしい攻撃だったたな」

そう心からの賞賛を送る。

だが、なぜかフェンリルは不満そうにこちらを見た。

「どうした？」

俺は不思議に思って聞く。

すると、

「私の勝利ではない。私とお前、2人の勝利だ。間違えるな！」

「ん？　ああ、そうだな？」

どうやら義理堅い性格のようだ。

そのあたりは未来と変わっていないのだな。

そう思って、思わず微笑む。

ところで、

「あれ？　ビビアはどうした？」

俺はきょろきょろとした。どこにも姿が見当たらなかったからだ。

「奴なら『こんなところにいられるか！　俺は先に下の階層で待たせてもらうぞ！』と言って、一足先に戦場を勝手に離脱したようだが？」

「そうなのか。先行して単独での威力偵察というわけか。なかなか剛毅《ごうき》だな。だが、命の危険を伴うタフな任務になる。後を追うとしよう」

俺はそう言って、杖《つえ》をしまう。

すると、

「やれやれ。お前はそこだけがズレているなぁ、アリアケ殿よ」

なぜか深々とフェンリルに嘆息されてしまったのだった。

俺はよく分からずに思わず首を傾げた。

ともかく、こうして第35階層を俺たちは無事に突破したのである。


「独りで威力偵察とは、さすが勇者と言いたいところだがなぁ、ビビア。さすがにお前の実力では無茶だ」

「威力偵察目的とは私には思えなかったが……。アリアケ殿の言うことの最後の部分には同意しよう。お前には無茶だ、下級勇者ビビア。ちゃんと師であるアリアケ殿のスキル支援を受けるべきだ」

「師じゃねえ！　俺が一番偉いんだよう！　このパーティーのリーダーなんだ！　い、いでえええええ」

「分かった、分かった。お前がリーダーなのは間違いない。だから、少し傷口にポーションを塗られたくらいで、悲鳴を上げるな」

「るせえ！　いでえええ！　俺に！　いでえええええええよおおお！　命令すんじゃゃ！　ふぎゃああ

あ！　ねええええええ！　うわあああ、いでええ!!」

フェンリルが嘆息して、

「おい、モンスターどもがまたやってくるぞ」

と呆れた声で言った。

「ひ、ひぃぃぃぃぃ……」

ビビアの悲鳴が徐々に小さくなっていった。

やれやれ。

「まぁ、正しく恐れること、というのは戦士として必要な資質だ。成長しているな、ビビア」

そう言って、彼の肩をポンと叩《たた》いた。

「成長の定義が広すぎないか、アリアケ殿よ……」

一方のフェンリルは、なぜか俺にまで呆れた声をかけた後、額に指をあてながら首を横に振る。

ううむ、なぜだ。

まぁ、それはともかく。

「単独威力偵察をしてくれたおかげで、36階層のモンスターは一網打尽にすることが出来た。この調子で行こう」

「そうだな」

俺とフェンリルは頷き合う。

俺たちの後ろには、鎧袖一触で倒した敵たちの死骸の群れが散乱している。

「本当に凄いな、アリアケ殿は……」

フェンリルが突然言う。

奥ゆかしい意見に俺は苦笑する。

「ははは、フェンリルが凄いだけだ。俺の力を存分に活用してくれている。未来のお前はもっと凄かったがな」

「そうなのか。あまり聞かぬようにしていたが、また時間のある時にでも聞かせてもらおうか。私が、その、将来アリアケ殿とどんな関係になっているのかを」

どうしてか、彼女は後ろを向きながらそう言う。

それにしても、なぜ『どんな関係』という言い回しなのだろうか。まぁ、言葉の綾か。

「ああ、どんな冒険をしたか、聞いてもらおう」

未来が変わったりするかもしれんが。

「……ふん。まぁ、それでいい」

なぜか若干不機嫌というか、拗《す》ねた雰囲気で少女は言った。

「？」

俺は首を傾げながらも、36階層から下に続く階段へ、彼らを導くのだった。

3、フェンリルさん懐き始める

「ふぅ、あらかた片付いたな」

「ああ、そのようだ」

「はぁはぁ、ぜひぜひ、はひ、はひぃぃぃぃいいいい」

俺たちは順調にダンジョン攻略を進めていた。

そろそろ魔王イヴスティトルとの戦いとなる。

だが、ここまでかなりのスピードで攻略を進めてきている。

一旦、休息をとることも必要だろう。

「それにしてもアリアケ殿の戦闘指揮と支援スキルでこうもスムーズに攻略が進むとは……。あなたには驚かされっぱなしだ。本当に凄い方だと痛感している」

「ははは。大げさだな。俺は後ろで軽くフォローしているだけだ。フェンリルの実力さ」

「はぁ……。こっちは本気で言っているのだが……。ま、だが、そうやって謙遜するところも賢者の賢者たるゆえんなのかもしれないな」

そう言ってフェンリルはめったに見せない微笑みを浮かべる。

「おい、俺の実力のおかげだろうが！　ふぅふぅ、はひぃ！」

「お前はいいから息を整えろ。あと。私は今、アリアケ殿と会話をしているんだから割り込むな」

「なんだとお！」

「ははは、仲が良くて何よりだな」

「アリアケ殿にそう言われると、何だか余計に不愉快だな。んん？　何でだろうか？」

「？　さぁ」

賢者の俺にもよく分からない。なので一緒に首を傾げた。

「ま、何はともあれ、もうすぐ魔王との戦いになる。体力の回復に専念してくれ。三交代で寝ずの番とする。それで順番だが……」

「俺が一番働いたから俺が先に眠るぞ！　いいな！　ふがぁ！」

すぐにビビアが横になった。

やれやれ、まだ火もおこしていないというのに。

「確かにお前の被弾が一番多かったな、下級勇者」

フェンリルが半眼で言うが、

「ははは。それだけ俺たちのために奮闘してくれたということさ。それに、彼はまだまだ修行中の身だ。大目にみてやってくれ。伸びしろがまだまだあるということなんだしな」

そう俺は笑いながら言う。

火をおこす。ぱちぱちと弾ける音がした。無論、モンスター除《よ》けのアイテムは使用している。

「アリアケ殿は寛容だな。さすがだ。ここ数日だけでも学ぶことが本当に多い」

「誰にだって良い所も悪い所もある。俺にもいい所があったのなら良かった。さあ、フェンリルも休むといい」

「私はこのままでいい」

「え？」

俺は首を傾げる。彼女は人外ではあるが、普通に眠るし、食べる。だから、

「ああ、腹が減ったのか？　なら簡単な食事を作ろうか？　シチューとパンくらいならすぐに用意できるが」

「す、少しアリアケ殿と話をしていたい」

「俺と？」

よく分からない理由にもう一度首を傾げた。

静寂の中でぱちぱちという火の爆《は》ぜる音だけがよく響く。

火のせいで彼女の頬が赤らんでいるように見える。

「アリアケ殿にお礼が言いたくてな」

「お礼？」

「ああ」

彼女は頷いた。

「私はずっと1人で戦ってきた。もちろん味方の兵士たちは沢山いるが、背中を預けて戦えると思った相手は1人もいなかった」

「俺も頼りない男だと思うが」

「とんでもない！　おっと、馬鹿が起きてしまう。せっかくの時間が台無しになる」

彼女は大声で否定の声を上げた後、何かを聞こえない声で言ってから、

「正直、不安だった。冥王ナイア様は優れた女王で強い。だが戦士ではない。王は戦場に立つべきではないしな。だからずっと1人だったし、これからもそうだと思っていた。でも、あなたが来てくれた」

彼女はやはり焚火《たきび》の火で顔を赤くしながら、

「ありがとう。私にとって、あなたは英雄だ。まさか2人で戦うのがこれほど楽しく、心安らぐことだとは思わなかった」

いや、3人なんだが、と言おうと思ったが、ぎりぎり黙るのが正解だと思って沈黙した。

「私だけの英雄にしておきたいところだが、まぁ、それは余りに我儘《わがまま》だ。だから……」

そう言って彼女は身を寄せて来た。

「今だけは私だけの英雄になれ、アリアケ殿」

そう言いながら、彼女は俺の膝の上に、顔をうずめるようにして、頭を乗せる。

「顔が下向きだと息苦しくないか？」

「朴念仁なのが、私の英雄様の、玉に瑕《きず》なところだな」

「？」

よく分からず、俺は何度目かの首を傾げる仕草をした。

だが、これはこれで俺にとっても感慨深いものがあった。

未来において、俺はフェンリルが狼の姿となった時、その体毛にもたれて眠るのが好きだった。

今はまるでその逆だった。

俺に心を許して、幼い頃のフェンリルが寝息を立て始めている。

「俺の方こそ、お前のような優れた戦士に頼られて光栄だ、フェンリル」

そう言って、彼女の美しい絹のような髪を撫《な》でながら、俺も微笑んだのだった。

顔が少し汚れていたので、起こさないようにハンカチで優しく拭う。

パチパチという火の爆ぜる音を聞きながら、油断すれば死ぬダンジョンの深層にて、俺たちは穏やかな休息をとったのである。


さて、そんな調子で階層をどんどん進んで行った。

敵は強かったが、俺の支援があるのだから負ける要素はない。

それに、こちらにはフェンリルもいるし、不出来ながらも俺と相性抜群のビビアもいる。

むしろ、進行スピードは上がった。

40階層。

50階層。

……60、70、80、90。

そして……。

「99階層。最終階層だ。ここにはボスしかいない」

「まさかこれほど早くたどり着けるとは。1週間は覚悟していたが、食糧なぞ余ってしまっているぞ」

フェンリルが素直に驚いた声を上げた。

「くあーっはっはっははは！　全部俺の実力のおかげだなぁ！　ヘボポーターでもここまで来られるんだから、感謝しろよ、2人とも！」

「ああ、よくやったなビビア。死にかけても懲りないタフさにはいつも驚かされる」

「しかもすぐ復活するしな。その精神力だけは凄いと思う。一体どういう神経をしているんだ？　何も考えていないようにも見えるが……」

「ぐひひひ！　そう褒めるな、褒めるな！　当然の実力ってやつよー！」

呵々《かか》大笑するビビアに、フェンリルは嘆息して、

「褒めてないんだが」

と呟《つぶや》く。

だが、何はともあれ、目の前には禍々《まがまが》しい大きな扉がある。

その向こうにはボスがいるのだ。

そう。

ギ……。

人の力では開きそうにもない扉が自然と開いていく。

ギギギギギギギギギィイイイイイイイ……！

きしんだ音を立てて開門する。

広大なフィールド。むき出しの真っ赤な岩肌がまるで内臓のようにも見える禍々しい空間。

その最奥には玉座が据えられていた。

そして。

「来たか。運命に導かれし虫けらどもよ」

倍音のような聞くだけで不快な声で、その怪物はしゃべった。

「ようこそ、呪いの洞窟の最奥へ。そして、さようならだ」

その怪物は遠目にも異様であった。

その巨軀は10メートルを超え、身体中が黒いヌメヌメとした体液で覆われていた。

目玉は垂れ下がり、身体は腐敗しているように見える。

身体を覆うのはボロボロの布切れのみだ。

また、周囲には蝙蝠のような、やはり黒い四肢を持つ怪物が群がっている。そいつらは、魔王の体液をすすっているように見えた。

あまりに悍《おぞ》ましい光景だ。

これが神代《じんだい》の魔王……。

「お前たちにも、この魔王イヴスティトルの因子を与えよう。そして」

魔王は言った。

「人類を滅亡へと追いやる我が偉業を手伝うが良い」


魔王イヴスティトルは、その醜悪な巨軀を玉座から離すと、一気にこちらへ間合いを詰めるように跳躍した。と、同時に、周囲にたかっていた、人体ほどの大きさのある蝙蝠……。いや、蝙蝠に見えていた、人体と虫が合体したような奇妙なモンスターをこちらへ飛来させる！

「雑魚を何体連れて来たってなぁ！　この勇者様の敵じゃねえぜえ！　おらぁ！　うんぎゃあああああああ!?」

威勢の良い啖呵を切る、先陣を切る、そして雑魚モンスターに吹き飛ばされて身体中を泥まみれにするという、一連の流れをビビアが体現した。

「ビビア！　勇気があるのは結構だが、蛮勇とはき違えるな！　下手したら今ので死んでいたぞ！」

「ひい!?　しょ、しょんな！　俺が雑魚ごときに負けるはずがぁ!?　あ、あえて魔王は避けて、かっこいい姿を見せてやろうと雑魚を一掃しようとしたってのにぃいいい!?」

「確かに露払いは必要だが、その蝙蝠のような敵、一体一体がやはりA級レベルだ！　俺の支援は必須なのは明らかだ！　俺の指示を待て！」

「ぐぎぃ!?　当たり前のように命令すんじゃねえ！」

ビビアが威勢の良い鬨の声を上げる。まだまだ意気軒昂なようだ。さすがだな。

と、フェンリルも淡々とした様子で。

「相手戦力という、貴重な情報は得られた。下級勇者にしてはよくやった」

「てめえはてめえで、憐《あわ》れみの目線で褒めるんじゃねえ！　フェンリルぅううう！」

こんな感じで一見言い争いのようだが、あくまで緊迫感のある中で意見交換をしているのだ。

俺もビビアも、そしてフェンリルも冒険のプロ。

まさか感情的に言葉をぶつけ合うような愚行はおかさない。

現に、俺たちは魔王より離れて俺たちに襲い掛かる蝙蝠モンスターを迎撃していった。

「ひいいい！　べ、別に頼りになんかしていないけどよ！　し、支援はまだかよお！」

「フェンリルが先だ」

「はあああああああ!?　幼馴染でリーダーの俺を優先しろよ！　い、いや！　しろよ下さい!!」

「彼女の方が小回りがきくんだ。それに、そう急《せ》くな。遅れてもお前の取り分が減るわけじゃない。

魔王は残しておいてやる」

「ち、ちがっ……！」

ビビアが何か言いかけるが、それどころではない。

魔王と勇者パーティーの戦闘なのだ。

それは、ゼロコンマ数秒で生死の決まる神話に語られる大戦ということだ。

それに、

「《スピードダウン》《攻撃力低下》《スチール成功率減少》《飛行モンスター被ダメアップ》」

敵モンスターの能力値を大幅に削ることを優先する。

その方が、勇者パーティー全体が有利になるからな。

「はあああああああああああああああああ！」

フェンリルが持ち前のスピードで、フィールド上を縦横無尽に駆け巡り、岸壁をまるで地面のように自在に走り抜け、天井に爪を立ててつかまったかと思えば、次の瞬間には大地へと重力を利用した強力な斬撃を放つ。

『ギイイイイイイイイイイイイイイイイイイイイイイ!?』

数十いた奇妙な蝙蝠型のモンスターは塵《ちり》に還り、残った個体らも一時的に怯《ひる》んだ様子を見せた。

魔王への道程が空けた。

「いまだ！　行け！　勇者ビビアよ！　魔王にその聖剣の一撃を喰らわせてやれ！」

「ひいいいいい！　嫌だ！　嫌だ！　雑魚でさえあんなにつえーのに！　魔王になんか勝てるわけねえ！」

なぜかビビアが怯えた様子を露骨に演技する。

俺は思わず言った。

「馬鹿！　魔王イヴスティトルに『油断』を誘うスキルは効くはずがない！　下級モンスターではないんだぞ！」

狙いは悪くないが、さすがにSSSクラスの魔王に効くスキルではないはずだ。

しかし、

「なんと愚かで脆弱《ぜいじゃく》な存在であろうか。見るに堪えぬ醜悪さだな、勇者とやら。イヴの因子を与えても、腐り果て、灰になるほどのポテンシャルしか持たぬ、下らぬ個体だ」

完全に見下げ果て、格下相手であることを確信したような、せせら笑うような声音を上げる。

「さ、さすがだな……。まさか魔王にまでスキルを及ぼすとは。俺を驚かすほど成長したか、ビビア……」

俺は思わず脱帽し、弟子の成長を賞賛した。

「いや、あれはスキルではなく、魔王にすら呆れられてしまうほどレベルが低い証明なんじゃ……」

露払いを終えたフェンリルが、一旦後退して来て、何ごとかを呟いている。

が、アイテムを渡して迅速に回復してもらうほうが先だ。

「ポーションだ。で、何か言ったか？」

「別に何でもない。それより奴が死にそうだぞ？」

おっとしまった。

せっかくビビアが渾身《こんしん》の演技で魔王の油断を誘ったのに、無駄にするところだった。

「まずは貴様から葬ってやろう。価値なき勇者ビビアよ！」

「ひ、ひいいいいいいい、ど、どうしてだよおおお!?」

本当に堂に入った演技だ。

まるで演技じゃないみたいに。

と、その時、魔王が魔力を集中しだした。

その魔力は奇怪な形をした口蓋に集中しており、それに惹《ひ》かれるように、残っていた蝙蝠たちが魔王の口元に集まり出す。

どんどん蝙蝠たちは溶けて、その魔力へと変換されて行く。

放たれればフィールド全体を覆うほどの魔力が放出されるほどの致死性の一撃だ。しかも、その魔力量はどうやら、このフィールドを致死性の魔力で満たし尽くし、一撃でこちらが死ななくとも、徐々に死に追いやる熱量をほこっているように見えた。

「終わりだ」

魔王が飛び出た目玉を醜悪にうごめかせながら、ニヤリと嗤《わら》った気がした。

速い！

だが！

「それはこちらも同じだ！　油断して大技を放とうとして隙が出来たな、魔王よ！　さあ行け、下級勇者ビビア！　大賢者アリアケの支援の下、そして、アリアケ王の名の下に、魔王イヴスティルを打倒することを命ずる！」

俺はそう言いながら、多重スキルを詠唱した！

《聖魔力アップ》
《クリティカル威力アップ（超）》
《攻撃力アップ（超）》
《人類の脅威殲滅（超）》

「ひぃいいいいい、な、なんか知んねえけど、大技使おうとしてやがるっ……！　お、俺だけでも、こ、こんなところからは逃れてっ……！」

ふっ。俺は微笑む。

「ああ、分かっている。こんな遠距離の場所ではお前の攻撃は当たらない！　一気に間合いを詰めて決めるぞ！　それにお前だけを戦わせるつもりはない！　フェンリル！」

俺は少女の名を呼ぶと共に、最強のスキルの1つを使用する。

《決戦付与》！

「了解した！　アリアケ殿！　私の本来の力を見せよう!!　ワオオオオオオオオオオオオオオオオオオオオオオン！」

メキメキメキという音を立てて、可愛らしい少女姿のフェンリルの口から牙が生える。爪が伸びる。

小さな身体は大きく膨張し、美しいブルーの光沢を持つ、聖獣フェンリルの姿へと変貌した。

そして、あんぐりと口を開けると、

「ひぃいいいいいいいいいいい！　前門の魔王!?　後門の狼ぃいいいい!?　ぎ、ぎゃあああああ

ああああああああああああ！　喰われたああああああああああああああ!?　し、死んだああああああああああああああ!!」

　ビビアにかぶりついた。

「アリアケ殿は背に！」

「ああ、了解だ」

　俺たち勇者パーティーは、フェンリルにつかまると、一気に魔王イヴスティトルへと接近する！

「まさか、この隙を作るために、あのような情けない演技をしていたというのか!?」

「当然だ！　下級勇者ビビアは不出来とは言え、俺の弟子！　魔王相手に恐怖の感情など持つわけがないだろう！」

「ガウガウ……（そうかなぁ……）」

「うわあああああああああああん！」

　魔王や俺たちの言葉にまじり、ビビアの鬨の声が轟く。気合が入りすぎてまるで悲鳴だな。俺は苦笑する。

　と、同時に、

「俺たちの勝ちだ、魔王イヴスティトル」

　俺の落ち着いた声に、魔王も死期を悟った様子で呟いた。

「我が役割もここまでか……」

「う、うわああああああああああああああああああんんんん！　デリアー！　デリアー！」

ポテンシャルを解放した聖獣フェンリルの突進の力を利用し、ビビアはあえて聖剣を振りかぶるでもなく、ただ、前方へと『突き』のような形で剣を伸ばした。

腰が引けて、出来るだけ接近しないように手を伸ばしただけのように見えるかもしれないが、そんなわけあるまい。

魔力でパンパンに膨れ上がった魔王に対し、フェンリルの突進力を完全に利用する形になる聖剣ラングリスの一突きは、山をも穿《うが》つであろう。

だから、この一見素人がするがごとき『突き』こそが正解なのだ。

グシャアアアアアアアアアアアアアアアアア！

「オオオオオオオオオオオオオオオオオオオオオオオオオオオオ！」

魔王の断末魔が響く。

俺のスキルによって強化された聖剣の力によって、魔王が塵に還って行く。

「ひいいいい!?　死にたくなっ……って、勝った!?　俺、生きてんのか!?　ぐ、ぐはははははは！　どうだ、思い知ったか、この最強勇者ビビア様のッ……！」

何事かをビビアがフェンリルの口の中で叫んでいるが、俺の注意は塵に還ろうとしている魔王の口元に集中していた。

なぜなら、

「邪神様……申し訳ありま……せん……。ですが……既に因子は十分に蒔《ま》かれ……ました……。人類を……する……第一条件『孤独』は……達成して……」

（やはり邪神か）

俺は微《かす》かな違和感を胸に抱く。

「あーっはっつはっはっはっは！　勝った！　俺の勝利だ！　見てたか、この俺の活躍を！」

目の前の勝利に歓喜して叫んでいる不出来な弟子を微笑ましく思いながら、俺は魔王の放った言葉の持つ意味を考えるのだった。

（なぜここで邪神が出てくるんだ？　出てくるはずがないのに。なぜなら……）

俺の頭脳は目まぐるしく動く。

（今、星神イシスと痛み分けし、次元の狭間で傷を癒しているアレは活動を停止しているはずなのだから）

俺はそんな微かだが、ぬぐい切れない違和感を覚えたのだった。

「うむうむ！　よくやったぞ！　下級勇者ビビア！　そして、大賢者アリアケ！　聖獣フェンリルよ！」

「ありがとう、ナイア」

「ナイア様のご期待に沿えて光栄です」

「うむうむ！」

魔王イヴスティトルを討伐した俺たち一行は、滅亡種人類王国クルーシュチャへと凱旋《がいせん》した。

そして、魔王討伐の報を冥王ナイアへと告げたのである。

ご機嫌になるナイアが、官吏たちの持ってきていた書類をブワサッと宙へと放り投げた。

「めでたいめでたい！　ぬわっはっははは！　我は機嫌が良い」

「官吏たちが泣きそうだがな」

「おっと、これは失敬した！　わはははははは！」

一緒に官吏たちと書類を拾い出そうとして、逆に止められる冥王である。

一方で、

「下級勇者じゃねえ！　俺もアリアケみたいに、大勇者ビビアって呼ばねえか！」

独りだけ不機嫌な者もいた。

しぶしぶ玉座に戻ったナイアが吟味するように言う。

「ふうむ、確かに魔王討伐を成し遂げた勇者を『下級』としておくのもちょっとアレな感じじゃな。

政治的にもなんかかっこ悪くて、宣伝しづらいし」

「だ、だろう!?　なら！」

下級勇者ビビアが目を輝かせる。

それに対して、ナイアが「うむ！」と力強く頷いた。

「これからは『初級』勇者ビビアと名乗るが良い！　だが、勇者の身分を決めるのはそなたの権限だ。どうであろう、アリアケ王よ！」

「俺としても今回のビビアの活躍には思う所があった。あの真に迫った油断を誘う行為がなければ、あそこまで大きな隙を魔王が見せたとは思えない。ビビアはもはや下級ではない。初級クラス……。はいはいから、ヨチヨチ歩きが出来る程度には成長したと見ていいだろう」

俺は優しく微笑みながら、ビビアを見やる。

「うむ！　では決定である。良かったな！　『下級』改め『初級』勇者ビビアよ！」

冥王の了承の声が上がった。

「ちげえええええええええええええ！　ってか、『下級』も『初級』もどっちが上か分からねええええええ！　俺は超勇者ビビア様だああああああ！」

ビビアが吼《ほ》えている。

それに対してフェンリルが冷ややかな様子で、

「いや、アリアケ殿はどうも過大評価しているようだが、あの怯えた様子は普通に、ただ魔王にしょんべんちびりそうになってただけだと思うぞ？」

「む！　そうなのか!?　ではやはりお漏らし太郎勇者ビビアとするか？」

「しょ、初級でいい！　ははは！　気に入った！　俺は初級勇者ビビア！　世界を救った英雄だ！」

よく分からないが、納得してくれたようだ。

「こうして弟子が少しずつ俺に追いついてくれるのは嬉しいものだ」

「何万年か、かかりそうだがな、アリアケ殿……。というか、私には前進している前提に疑問があるんだが」

フェンリルが肩をすくめながら言った。

と、そのやりとりを聞いていたナイアが嬉しそうに言った。

「ほっほーん。フェンリルが人を敬称で呼ぶとは珍しい！　おっ、これはアレじゃな!?　我には縁がなかったが、人の営みには欠かせぬアレじゃろう！　なぁなぁ！」

「ち、違います……」

フェンリルが若干頰を赤くして答えた。

なんのことか分からないが、この2人にしか分からない会話だろう。

それはそうと、ナイアには気になることを報告しておくことにする。

魔王が散り際に放った言葉だ。

『邪神様……申し訳ありま……せん……。ですが……既に因子は十分に蒔かれ……ました……。人類を……する……第一条件『孤独』は……達成して……』

「と言ったんだ。しかし邪神は完全休止状態のはずだ。なぜあんなことを言ったか分かるか？」

「うむ！　分からん！」

「即答だなぁ。俺には『邪神』というのがどうにも引っかかったんだが」

「はぁ!?　なーに言ってんだよ、アリアケ」

初級勇者ビビアがやれやれといった風に言った。

「邪神ニクスが休眠前に魔王を作り出したんだろうよ。別になーんもおかしくねえじゃねえか！」

「ふむ！　それについては我もそこなお漏らし太郎に同意しよう！　邪神が星神と相打ちとなり休息中だが、その直前に魔王を放ったと見るべきであろうとな。その目的はどう考えても人類の滅亡であろう！」

「私は『第一条件』というのが気になります」

フェンリルが言った。

俺の抱いた違和感は大した問題だとは見なされなかったようだな。

(ナイアにさえ、か)

まぁ、今考えても答えの出る問題でないことは確かか。

そんなことを考えていると、ナイアが言った。

「とにかく魔王はアリアケが倒した！　今宵はゆっくり休んでほしい！　未来に還るための方法は

我が責任をもって考えておこう！」

「倒したのは俺だって言ってんだろうがー！」

そうビアが叫んだ瞬間であった。

ゴオオオオオオオオオオオオオオオオオオオン！

「うわあああああああああああああああああ!?」

神殿が大きく揺れ、快晴だった空は暗転していきなり雷が鳴り響いた。

「何事か!?」

ナイアが声を上げるのと同時に、1人の兵士が勢いよく扉を開けて玉座の間に駆け込んできた。

「急報です！　発言のご許可を！」

「許す！　申せ！」

「はっ！」

その兵士は思いがけない言葉を口にする。

「正体不明の超巨大な化け物が突如海より現れました！」

「なんと！」

「その大きさは目測で1キロ！　形状は蛇のような頭蓋と、鱗《うろこ》におおわれた身体を持つ化け物です！」

「沿岸警備隊は!?」

「既に7割が損耗！　残りは撤退しております！」

「なんということか!!」

ナイアの怒声が響く。

だが、その兵士は最後にとんでもないことを口にした。

「ナイア様。その申し上げにくいのですが……その化け物は自分のことをこう申しております」

「人語を介すか。して、なんと言っておるのか」

兵士は悍ましい言葉を口にするように、冷や汗をかきながら言った。

「自分は『魔王』である、と」

その瞬間、祝杯をあげんばかりだった神殿には沈黙がおり、時折、人々が息をのむ音のみが響いたのである。

4、神に見捨てられし人

「その魔王は名を名乗ったのか？」

俺は肝心なことを聞く。名は常に運命を左右するからだ。

「は～!?　化け物に名前なんてあるのかよ！」

ビビアが言う。確かにそうかもしれないがな。

しかし、兵士は俺の言葉に確信をつかれた、とばかりに青くなり、震えながら言った。

「申し訳ございません。確実な情報ではないので、どこまで報告してよいのか……」

「良い！　ありのまま申すが良い！　アリアケが看破した通り、名を名乗ったのだな？」

兵士は頷くと、その魔王の名を口にした。

「その化け物は、自分を『ナンム』と名乗りました」

その瞬間、神殿内の人々が一気にざわついた。

いや、驚愕に近かった。

むしろ、この滅亡種人類王国で最後の抵抗を続ける人々が絶望し、持っていた書類を落としたり、膝からくずおれたのだ。

　相当のショックが走ったことが分かった。

「フェンリル、なぜこれほど皆、ショックを受けているんだ？　『ナンム』とはお前たちの何だ？」

「神だ」

　フェンリルは一言で答えてくれた。

「なるほど、そういうことか」

「どういうことだよう!?」

　納得する俺。一方、周囲の混乱にあわせて思考停止に陥ってしまったビアが、やはり錯乱しながら叫んだ。

「初級勇者よ、我が答えよう。ナンムとはこの大地を創世したという地母神である。無論、星の神であるイシスとは比べるまでもないが、我らクルーシュチャの民たちはナンムを信仰している」

「だから、その神様が何で魔王になってやがんだよう!!」

　更に錯乱しながらビビアが叫んだ。

　だが、彼の指摘ももっともだ。もう少し冷静になってくれればと思うが、初級勇者だから仕方ないなと思ったりする。

「それは我も知りたい。だが結果だけは明らかである。本当にナンム神が魔王となって人類の滅亡を望むのであれば、我らは神に見捨てられたということになる」

「神に見捨てられた人類種か」

それは……。

「大きな痛手だな」

「ああ、痛恨の一撃！　という奴だ！　まったく、邪神ニクスはとんでもない置き土産を置いて行きおる！　度し難い奴！　だが効果的なことは認めざるを得ぬ。かしこき奴よな！」

憤慨した様子でナイアが言った。

「はっ！　別に神に見捨てられたくらいでなんだ！　倒せばいいだけだろうが！」

ビビアが聖剣をギラギラとさせながら言った。

「いや、ナイア様やアリアケ殿がおっしゃっているのは、そういった武力面での話ではない」

「ああん？」

ビビアが不思議そうに眉根をひそめた。フェンリルが続ける。

「追い詰められた人類種が耐えて来たのは、無論、ナイア様が限られた兵力を采配されたことが大きい。だが、それは心の支えがあってこそだ」

「心ぉ？」

フェンリルは頷き、

「信仰。あるいは心の寄る辺。神への祈りを通して人々は心の安寧と明日への活力を養って来た。これからはそれが失われる。心の基盤がなくなるようなものだ。そのような神に見捨てられた『孤独』な人間が、果たして滅亡を免れることが出来るだろうか？」

そう言って彼女は嘆息した。

「ま、まじかよ。ひえええぇ、俺は負け戦はするつもりはねえぜ……。こ、こんなところからはおさらばして……」

ビビアが何か言っている。

だが、俺は微笑みながらフェンリルとナイアに言った。

「神に見捨てられた孤独、か。だが、俺たちは生きなければならない。神が魔王となるならば、それを打倒して前に進むべきだ。違うか？」

俺の言葉に、ナイアも満面の笑みを浮かべ、

「その通りである！　このナイアも少しビビッてしまったが、ノーカンということで宜《よろ》しくである！　神が我らを見捨てるとしても、我らは前に進まねばならぬ！　信仰を失っても、明日に命をつながねばならぬ！」

彼女は頷くと、檄を飛ばした。

「我らは負けぬ！　第一の魔王にて既に他の町との交流は断たれつつある。友好的であった獣人たちやエルフたちとの連絡も取れぬ有様である！　そして、今回新たに現れた第二の魔王にて神に見捨てられつつある！　だが、たとえそうした孤独なる人類種であったとしても、明日を諦めてはならぬ！　ゆえに！」

彼女は紅の大鎌を掲げながら言った。

「初級勇者ビビア！　そして大賢者アリアケと我が従僕フェンリルは、地母神ナンムを討伐せよ！」

「いいだろう。その依頼受けよう」

「私はナイア様の意に従います」

「へ、へへへ。その地母神とやらを倒せば生き残れるんだな！　ならやってやるぜ！」

仲間たちも意気軒昂なようだ。

と同時に、

「あ、ちなみにだが、今回は我も同行するんで宜しく」

「……へ？」

俺が首を傾げるのと同時に、ナイアが玉座を飛び出して俺の前に降り立った。

身長は俺の胸下くらいまでしかないが、その力の強さは瞳に現れている。

「お前がやられたら人類は滅亡するんだろう？」

「たまには息抜きが必要であるからな。それに今回の相手は格が違うであろう？　確実に仕留めねばならぬゆえな」

「神相手に冷静だな……。そうだな。お前がいれば心強い戦力になる」

「うむ！」

こうして、俺たち初級勇者パーティーと冥王ナイアによる共同戦線が臨時構築された。

人を見捨てた神、ナンム神討伐のために。


宇宙癌ニクス・タルタロスの星への襲撃によって、陸地の半分が海面に水没している。

そのため海岸までは近く、馬車で1日程度の距離とのことだ。

俺とビビアは同じ馬車に同乗して、目的地へと向かっていた。ナイアとフェンリルは別の馬車に分かれて乗っている。

俺がガタゴト揺れる馬車の上で、仮眠を取っていると、顔を青くしたビビアが話しかけてきた。

「お、おい。アリアケ……」

「初級勇者ビビア、どうしたんだ？」

「その呼称はやめろ！　俺は本来、超勇者ビビア様なんだぞ!!」

「呼称になどこだわる必要はないさ。俺など救世主や王などと呼ばれるのが嫌で、頼むから普通に呼び捨てにしてくれと周りに頼んでいるくらいだ。不思議なことに聞いてくれないのだがな」

困ったものだ。

ビビアは俺の言葉になぜかギリギリと歯ぎしりをする。

だが、彼にはもっと大事な聞きたいことがあったのか、その仕草を頭を掻きむしってから止めて、
俺に再び青白い表情を向けて口を開いた。

「お、お前もあのナイアもよお、地母神を倒すつもりなんだろう？　今更だけどよお、結構大事じゃねえか。やっぱり、お、俺のことは置いて行った方がいいんじゃねえか？　その、あれだ、そう！　切り札としてな！」

「なるほど、一理あるな。初級とはいえ、勇者の存在が温存されていれば、民たちも安心するだろう」

「だろ⁉　だろ⁉」

「ああ。特にお前は玉座の間で粗相したにもかかわらず、ナイアに処刑されなかった、奇跡の人、として風聞が流れているようだ。民にも親しみを持たれているのも大きい。ふ、俺には真似出来ない所業だ。こんな短期間で、民の心に入り込むなんてな」

「誰だそんな噂を流しやがったやつはああああああ！」

激高する。

「ご近所迷惑だろ？　周りには俺たちの声が聞こえないようにしておこう。スキル『サイレス』」

これでよし、と。

「話の続きだが、無論、ナイアだ。勇者が現れたと喧伝《けんでん》するためには、そういった親しみやすいエピソードを絡めるのがコツなんだそうだ。多才な女王だな」

「くそう、くそう。ま、まぁ、知名度が全然ないお前よりはマシかもしれねえな。へへへ、勇者として名が売れてることには変わりねえ……」

「ちなみに俺は『勇者を常に補佐し導く神か救世主』のような形で喧伝されているらしい。無論、やめるようには言っているのだがな。やれやれ、大仰に過ぎる」

「てめええええええええ！　俺よりよっぽど良い名の売れ方じゃねえか！」

もう一度彼が激高した。ともあれ、

「話を戻すが、お前がさっき言った、地母神と戦うという話だが多分大丈夫だ。いや、大丈夫ではないんだが……」

「はぁ〜？　意味が分からねえぞ。俺もお前もナイアに地母神ナンム討伐を依頼されて、てめえは快諾していたじゃねえか」

その言葉に俺は首を横に振る。

「ああ、いちいち説明しなかったがな。討伐について快諾したわけじゃないんだ、あれは」

「はぁ？」

混乱はもっともだな。

「さっきも言ったが、地母神との戦いは既に終わっている。俺の地母神ナンムの……女神ナンムの言葉を聞くのに同行することに同意しただけさ」

「言葉？　何の言葉だよ」

ビビアの問いかけに俺は神妙に頷きながら、

「告別だ」

「こく……べつ？」

疑問を浮かべるビビアに、俺は改めて頷き、

「ああ」

と言って、正確な言葉を選んで答えた。

「地母神ナンムの攻撃は既に終わっていて、人類は敗北している。今更戦闘しようがしまいが、結果は変わらない」

なぜなら、

「神に見捨てられた人類種が『信仰を失う』という結果は変わらないのだからな」

と言ったのだった。

「とはいえ、ナイアが『討伐』という言葉を使った意味は確かめた方がいいかもしれない」

「ナイアの？」

ビビアは首を傾げる。今はそれでいい。

しかるべき時に、俺が道を示そう。

「まぁ、どうなるかはまだ分からん。だが、この戦いはどこかおかしい気がする。第一の魔王を倒して、すぐに第二の魔王が現れた。まるで……」

「まるで、なんだよ」

「倒されることを予定していたような段取りの良さを感じてな」

その言葉にビビアは馬鹿にしたように鼻を鳴らす。

「そりゃてめえ、邪神ニクスの野郎がこざかしい野郎だからだろうがよ。魔王ってのはどんどん代替わりするもんだろう？　確か、人類と魔王を戦わせてマナを回復させるためによ。ありゃ？」

と、ビビアが首を傾げて、

「……の割には、マナは濃密だな。それに、魔王はイルミナ族から出るもんだと思ってたが、神代は違ったってー、ことか？」
フ、と俺は微笑んで、再び仮眠の姿勢に入った。
「初級勇者にしては鋭いな。じき、中級勇者にもなれるだろう。この神代には俺たちが知っている事実と、幾つか矛盾がある。その理由は今のところ分からない」

「初級って言うんじゃねえよ！　超勇者様だっつってんだろーがぁ!?」

そんな怒声はこの馬車の中にだけ、木霊したのである。

まだ何か言っているビビアをよそに、俺は再び夢の世界に入って行った。


「あれが、地母神ナンムか。凄まじいでかさだな」

「ひいいいい、あんなのに勝てるわけねええ」

戦うわけではないと、昨日言ったばかりだが、ビビアはどうやらとぼけてくれているようだ。この辺りの以心伝心は俺と幼馴染の絆《きずな》がもたらすものだろう。

さて、まだ1キロは先だというのに、その威容は遠くからでもよく見えた。

伝令兵が伝えた通り、その大きさは1キロ程度。蛇のような頭蓋と、鱗におおわれた身体を持つ存在であった。手足には鋭い爪がついている。周囲には何か黒い数千から数万の黒い物体が蠢《うごめ》いていた。

「あの黒いのはなんであろうな？」

「蛇だな」

「遠見のスキルか、便利で良いの！」

「お前も使えそうだがな。あと、ナンム神自体は手足を動かしていない。恐らく、あの蛇たちが地母神の下にも無数に存在して、あの巨大な神を運んでいるんだろうなぁ」

「蛇たちの王でもありますからね」

フェンリルが納得したように言った。

「地母神なのに怖すぎだろ!?　どうして、あんな神を信仰してやがんだよ、お前らは!?」

ビビアが悲鳴を上げるが、

「あれは大地の災いとしての側面が大いに出ている姿であろう。豊穣や生命を司《つかさど》る以上、飢餓や死をも司るのは無論のこと。邪神の影響であろうな」

淡々とナイアが答えた。

「それではナンム討伐と行くか？　初級勇者パーティーよ！」

「それだが、別に戦う必要はないんじゃないか？　地母神ナンムは既に人を見捨てたのだろう？　なら、もう戦いは終わっている」

「そうか？　だが、アレがこのまま大地を進み、我が街を蹂躙《じゅうりん》せんとも限らぬ！　ゆえに、冥王の我的には、人の手によりこの場で討伐すべきであると思うぞ！」

「ナイア様の言う通りだ、アリアケ殿。やられる前にやるのは、戦士の基本だ」

2人はやる気のようだな。

ビビアは……、

ふむ。

「ひいいいいいい！　あれ全部蛇かよおお！　気持ち悪《わり》ぃ！　無理無理無理ぃいいいい！」

ダメだこりゃ。

と、そんな風に作戦会議をしていた時、不意に天空から声が降り注いで来た。

『我が仔《こ》どもたちよ……』

それは女性の声と、男性の声が入り混じった、不思議な声色だ。

そう、それは地母神ナンムの言葉だったのである。

『我が仔どもたちよ……』

「おお！」「ナンム様がお話になられたぞ！」「地母神様！　どうか我らを見捨てないでくださ

い！」

連れて来た数百の兵士たちが浮足立つ。

それはそうだろう。

何せ自分たちが信奉している神が目の前に顕現しているのだ。

そして、地母神とは豊穣や誕生を司る、まさに『母』としての象徴的意味合いをあわせもつ。

だから、彼らがナンム神に慈悲を期待し、自分たちを見捨てることを思いとどまってくれることを、こい願う気持ちはよく理解できた。

だが、

『我がこうして姿を見せたのは、この地を去るため。これまで我を信仰し、尽くしてくれたことを母は嬉しく思う。しかし、我はあなたたちを捨てる以外に、あなたたちを救う方策を見出《みいだ》すことが出来なかった』

「見捨てることで救うですって!?　どういう意味ですか!?」

兵士たちが悲鳴のように問いかけた。

『我は地母神。あなたたちの命を守るとともに、命を刈り取る存在。我が存在は今や星が欠け、■■■■■による■■■■■によって、終末の性質が偏在しつつある』

なぜか途中の声が聞き取れない。

「何て言ってるか分かんねえぞ！　はっきりしゃべりやがれぃ！」

空気を読まずにビビアが叫ぶ。

兵士たちが眉をひそめたが、彼に関わっている場合ではないのでとりあえず無視される。

フェンリルが淡々とした調子で、

「無礼者は私の腹の中で静かにさせておくか」

と、人の姿のまま、牙を見せながら言った。

「じょ、冗談だよ。ははは……」

ビビアが俺の後ろに隠れる。

「うむ、我にも聞き取れんかったが、恐らく神にのみ解釈できる概念なのであろう。何せ神だからな！」

ナイアはナイアで、一人納得したように言った。

神にのみ理解できる概念だから、人には聞き取れないというのは、ありうる話だ。

しかし、

（本当にそうだろうか？）

俺は何となく違和感を覚える。

根拠はない。

ただ、これまで幾多の経験を積んできた歴戦の兵《つわもの》としての。

いや、賢者としての勘とでも言おうか……。

そんな俺たちがやりとりをしているうちにも、地母神ナンムの言葉は続いて行く。

『やはり■■■■■■によって■■■■■のようだ。このような最期になることを許せ。愛《いと》し仔《ご》たちよ。あなたたちの行く末の安寧を願っている。さようなら』

「そんな！」「お、お待ちください！」「何か私たちに過ちがあったようなら直します！　だからなにとぞっ……！」

兵士たちの。

いや。

民としての。ただ神を信仰するただ1人の人間として、彼らは叫んだ。

しかし、

『■■■■ではない。もう手遅れだ』

そうナンムが宣《のたま》うのと同時に、
ピシッ!!

神の体軀から激しく何かが割れるような音が鳴り響いた。

見れば、徐々に足元が石のように灰色となり、それが徐々に身体の上方へと広がる。

その石化した部分に亀裂が徐々に入って行くのだ。

「地母神様!?」「お、お救いせねば!?　だが、どうやって」「ああ、なんてことだ!!」

兵士たちから絶望の声が上がった。

同時に、ナイアも悲鳴を漏らす。

「おお、なんということだ。我としたことが迂闊《うかつ》であった！　よりにもよって兵士たちに神の死ぬ場面を見せてしまうとは！」

彼女は唇を噛みながら言った。

「お前は地母神を倒しに来たんじゃなかったのか？」

「無論、そのつもりであった。神殺しも辞さぬ覚悟でな！　だが、これは違うではないか！」

ナイアは大きな声で言う。

兵士たちにも聞こえるほどのはっきりとした声で。

「『人が神を捨てる』のと、『神が人を捨てる』のとでは、全く意味が異なる！　これは明らかに後者である！　神が絶望し、人を捨てたようにしか見えぬではないか！　これでは！　これでは！」

彼女は悲鳴のように宣う。

「滅亡種人類王国はもたぬぞ！」

それは民たちの絶望をはっきりと言葉にした、恐ろしい事実の宣告のように響き渡ったのだった。

そう。

これはそういうことなのだ。

母から捨てられた人々が抱く感情は1つしかない。

すなわち『絶望』。

ぎりぎり保ってきた人類の滅亡と存続の天秤《てんびん》が、一気に傾くほどの出来事を、冥王ナイアは看破していたのである。

「うーむ、これは大変なことになった。予定が狂ってしまったぞ！　この冥王ナイア一生の不覚である！　ちょっとくらいなら責めても良い！」

「おうおう！　どう落とし前つけるつもりだよナイアさんよぉ！　お前のせいで大変なことになっちまったろーが！」

「ナイア様。この馬鹿をかみ殺しても良いですか？」

「ひぃ！」

「そやつはアリアケの弟子だから、そっちに聞くがよい！　うむ！」

「こんな奴の弟子じゃねえ！」

「そうか！　ではかみ殺して良い！　うむ！」

「ひぃ！　で、弟子です！　ア、アリアケ～」

「やれやれ」

俺たちは帰りの馬車に同乗していた。

今後の方針を相談する必要があったからだ。

俺は嘆息しつつ、

「ビビアはまだ初級勇者だ。大目に見てやってほしい。何より師である俺の指導についてこられないのは、俺の教育不足だ。今後も精進するよう、ビビアには言い聞かせていく。この通りだ」

と頭を下げた。

「いえ、アリアケ殿が謝ることではありません。ふん、初級勇者よ、寛大なアリアケ殿に感謝するのだな」

「ぐ、ぐぎぎ！　あ、ありがとうございます……」

「うむうむ！　師弟愛を見られて我は満足である！　だが、その言葉忘れるなよ、お漏らし太郎よ！　これからも師に1ミリでも追いつけるよう精進するが良い！」

「その呼称はやめろってんだろーが！　いい加減忘れろ！　あ、い、いや、忘れろくだしゃい」

ガルルルと、すごむフェンリルに思わず敬語になるビビアであった。

呪いの洞窟の件は、本当にトラウマだったのだなぁ。

そんなことを思いつつも話題は本題に進む。

呑気な会話に見えるかもしれないが、世界の危機に直面し続けている俺にとっては、これくらいの気位は持っていて当然だ。

「神が人を見捨てたとなれば、人々は心の基盤を失ったも同然だろう。何か他の精神的支柱が必要になる。ナイア、お前がそれになることは可能か？」

それが一番手っ取り早い方法なのだが。

しかし、彼女は腰に手を当てて、

「無理に決まっている！」

と笑顔で言い切った。

「なぜですか？　ナイア様のことを皆慕っています」

「そういう問題ではない。もはや我は現時点で滅亡種人類の王として君臨しているではないか。今更どのように民へ声をかけようとも、新たな力とはならぬ」

「そりゃそうだ」

その言葉は道理だ。

既に彼女は役目を果たしている。つまり、もはや今の時点で人類の精神的な支柱なのだ。であるがゆえに、新たな希望とはなりえない。

「新しい希望が必要か」

「うむ！　人はパンのみに生きるにあらず！　心の栄養を摂らねば死んでしまう！　そこでだ、我に名案がある」

ドンと、やはり腰に手を当てたまま、ナイアがドヤ顔しながら口を開こうとする。

しかし、その声を遮る大声が馬車に鳴り響いた。

「はーっはっはっはっはっは！　聞くまでもねえぞ！　ナイアぁ！」

ビビアであった。

だが、俺もその言葉には同意して頷いた。

それしかあるまい。

だが、もう少し声のボリュームを落としてほしいことだけが不満である。

「新たな英雄！　この窮地を救う勇者！　世界を救う救世主の役割を担えって言うんだろう！　くははははは！」

そういうことだな。

今のところこの勇者パーティーは、神殿内でこそ認知されてはいるし、魔王を討伐したということで噂話程度には民に認知されているが、まだ、それこそ全員が知るような有名人というレベルではない。

何となく知られている程度だ。

つまり、ビビアを新たな英雄として担ぎ上げることによって、人々の新しい精神的支柱となりえるのである。

無論、神を失ったショックを全てカバーしきれるほどではないだろうが、無いよりはよほどマシだ。

「俺もその案には賛成だ。というか、それくらいしかないだろうな」

追い詰められた人間には余裕《リソース》などない。

使えるものをどんどん使って、滅亡と存続の天秤を少しでも揺り戻しておく必要があろう。

「そうか！　賛成してくれるか！　アリアケ！」

「ああ」

「フェンリルはどう思う？」

「良い案かと。ナイア様」

「では決まりであるな！」

コホンとナイアは咳払いをする。

ビビアはその言葉を待ち受けて、唇を歪めて笑っていた。

ナイアが言葉を発する。

王としての威厳に満ちた声で、

「アリアケ・ミハマよ。そなたを神代の救世主として認定する。どうか、この滅亡種人類王国クルーシュチャを守り、民に安寧をもたらし、そして」

彼女は言った。

「この神代世界を救ってほしい。救世主アリアケ・ミハマとして！」

その言葉に、一瞬の沈黙がおりる。

そして、

「はあああああああああああああああああ!?」

ビビアの悲鳴のような、怒声のような、泣き笑いのような、耳障りながなり声が上がった。

「俺が救世主だろうがよ！　なんでアリアケなんだよ！　この超勇者ビビア様こそが人類の希望になるべきだろうが！　ぬわんで!?　どーして!?」

その声にナイアは訝し気な表情で、

「は？」

と言ってから、

「そんなもん、アリアケに決まっておるじゃろ。救世主ビビアとか認定するような采配する王じゃったら、とっくに人類滅亡しておるって」

「ですね」

ナイアの言葉に、フェンリルも素の表情で応えた。

一方、

「へ？」

俺は初級勇者ビビアが新たなる救世主として担ぎ上げられるものと思っていたので、実は驚いていたのだった。

「いや、出来れば辞退させてほしいんだが？」

「そうだ！　アリアケ！　辞退しやがれ！　救世主ビビア様の誕生を邪魔してんじゃねー！」

「アリアケよ、王として頼む。人類の滅亡を防ぐ最後の防波堤として、そなたの力が必要だ」

ナイアが頭を下げる。

「王が頭を下げるもんじゃない」

「そなたもさっき下げていたではないか。王様差別は良くない」

「む」

俺は1本取られた気分になる。

と、同時にフェンリルも口を開く。

「アリアケ……様。どうか救世主としてこの時代をお救いください。クルーシュチャ国の民として、私からもお願いします」

「様？」

「救世主様ですから」

彼女までも、俺を真摯な瞳で見つめながら言った。

「参ったな」

「おい！　俺が！　この俺が救世主だ！」

「だが、結局やることはそう変わらないか。それに俺がこの時代に呼ばれた、ということは、そういうことなんだろう。早くのんびりしたいんだがなぁ」

「うむ！　さすがアリアケは話の分かる良い男である！　のう、フェンリルよ！」

「えっと。その。私にはその辺の話は分かりかねます……」

「お？　へー、ほー。ほほー。これは本当に満更でもなさそうな……」

「ナイア様、違いますので！」

最後の方は、2人が何の話をしているのか分からなかったが、恐らく王と従僕という特別な関係の2人にしか通じない内容なのだろう。

ともかく。

「やれやれ」

こうして俺は、神代の世界において救世主として扱われることになってしまったのである。

のんびりしたいだけなのだがなぁ。

はぁ。

俺はこっそりと嘆息をするのだった。

ところで、

「くっそおおおお！　無視すんじゃねえええええええ！」

ビビアが絶叫していた。

出来れば彼に救世主役をやってもらいたかったなぁ、と心から思う俺なのであった。

「おお、あなたが未来よりいらした救世主様なのですな」

「ありがたや、ありがたや」

「どうぞ、我々をお救いください、救世主様」

俺たち初級勇者パーティーメンバーとナイアは、地母神ナンムを失い、滅亡種人類王国まで帰還した。

「参ったなぁ」

そこからナイアの手際は早かった。

俺たちの存在は別に秘密ではなかったので知っている者は知っている程度のレベルだったが、俺たちが魔王イヴスティトルを討伐したことや、俺が未来からやってきた救世主であることを大々的に国中に喧伝したのだ。

精神的支柱である地母神ナンムを失った彼ら国民からすれば、俺は今や心の支えであった。

そんな役割は普通ならば御免こうむりたいところだが、

「まぁ、任せておけ。俺がお前たちを救おう。心配することはない。いつも通りに暮らし、友と家族を大事にしろ。困ったことがあったら言ってくれ。助けになろう」

「おお！」

「さすが救世主アリアケ様だ！」

「頼りにしておりまする！」

俺の言葉に盛大な歓声が沸いた。

「あの、とても慣れているようにお見受けするのですが」

一緒にいたフェンリルが意外そうに言った。

「まぁなぁ。未来でも色々やってたんでな」

「色々ですか？」

　彼女が首を傾げたので、簡単に伝えた。

「エルフ族を救ったり、獣人族を解放したり、魔神を倒したり、孤児を養ったり、村を国に発展させて国王になったり、世界の危機を何回か救ったりとか、まぁ色々だ」

「そ、それは慣れもしますね。さすがというべきでしょうか」

「おかしいんだよなぁ。俺はのんびり辺境でまったり暮らすために勇者パーティーをあえてクビになったはずなんだが……」

　どうしてこうなった？

　とはいえ、困っている人々を放ってはおけない。だが、一方で、甘やかしてばかりいてもダメなことは知っている。だからあえて言った。

「逆に俺が困ったら、みんな俺を助けてくれ。俺は頼りない救世主だからな」

「ア、アリアケ様？」

　意外な言葉にフェンリルの目が、今度は点になった。

　民たちの顔も不安が増したように思う。ざわざわとした声も聞こえる。だが、それでいい。

「俺を頼るのは良い。だが、お前たちは人類最期の砦《とりで》となる誇り高き王国民だ。誰か1人でも生き残れば俺たち人類の勝利だ。救世主の俺が倒れ、冥王ナイアが死のうとも、諦めるな。俺だけではなく、お前たち一人ひとりが、未来への希望そのものなのだから」

その言葉に一瞬シンとなるが、

「そ、そうだなっ……！」

「おっしゃる通りです！　俺たち一人ひとりが未来へ命をつなぐ役割を担っているんだ」

「アリアケ様が命をかけて守ってくれても、俺たちが諦めたらそこで未来は終了だもんな」

「さすがアリアケ様だ！　さすが救世主様！」

当たり前のことを言っただけだが、先ほどまでより大きな歓声が上がった。

と、同時に、助けられたい、という民たちの気持ちが、自分たちの力で未来を掴み取るのだという気持ち、自分たちが自分を助けるのだという、当たり前の意識が芽生え始めているのを感じた。

「ふぅ、これでいい。幾ら俺が助けようと、自分が助かりたいと強く思わない者を助けることは出来ないからなぁ。さ、次の場所へ移動するかな。とにかく顔を見せるのが大事だ」

王国は10キロ四方はあるので、なかなか大変だ。

と、フェンリルが言った。

「案外、そういう当たり前のことを気づかせることが困難なのですが……。私にはできません。さすがです」

「お世辞はいいさ、大したことじゃない」

俺は微笑んで首を振った。

だが、

「いえ、私はそう言ったことを言える性格ではないので。あの……ほんとに……」

フェンリルが若干、頬を赤くしながら何かを言おうとした。

と、その時である。

「おいいいいいいいいいいい！　おっかしいだろうがぁ!?　なんで俺の扱いがこーんな感じなのに、てめえの扱いがそんななんだよおおおお!?」

ビビアの絶叫が少し遠くから聞こえてきた。そして、ゼーゼーと息を切らしながら、俺の手前まで来た。

「そんなに違うか？」

「何もかも違うだろうが！　そもそもだウゲエ!?」

再度絶叫していたビビアの顔に泥がべっとりとついた。俺は汚れるのが嫌なので、フェンリルの手を引いて1歩下がってよける。

すると、別の声が響いた。

「おいおい、ビビアの兄ちゃん！　遊びの途中でよそ見してたらダメだぞ！」

「そうだよ、お母さんに教わらなかったの～？」

「はい！　ってことで、今度はビビアが鬼役《ゴブリン》ね～」

「せっかく仲間に入れてやって、遊んでやってるんだから、ちゃんと逃げないとだめだろう～」

きゃっきゃっとはしゃいだ様子で7、8歳前後の子供たちが、あっかんべーをしたり、お尻ぺんぺんなどしながら、ビビアの傍《そば》から逃げて行く。

「誰がてめえらなんかと遊ぶか！　俺はハイパーミラクル勇者！　超ビビア様だぞ！　泥をぶつけたのはどいつだ！　てめえら全員ただじゃおかねえ！　待ちやがれえええええ！」

キャー、キャーと騒がしい。

やれやれ。

俺はその様子を微笑ましく見守る。

「アリアケ様、どうしてそのように笑っているのですか？」

「フェンリルか？　ふっ。ああやって子供たちのレベルに自分を合わせて遊べるというのも、一種の才能だ。さすがだな、と思ってな。見ろ、心から子供たちと打ち解けようとしなければ、ああも自然と仲良くなることはできない。子供は大人の嘘《うそ》をすぐに見抜いてしまうからなぁ」

俺は幼馴染を誇らしく語る。

「あの、恐れながら……」

フェンリルが珍しく言うか言わないか迷うような口調で、

「元々レベルが同じだけのような気がするのですが」

と言ったのだった。

「ははは、フェンリルは相変わらず冗談も毒舌だなぁ」

俺は思わず噴き出す。

滅亡種人類王国にあっては、地母神を失って大人が精神的なダメージを受けている。大人に余裕がなければ、子供は不安になるものだ。

だから、ああやって、ビビアが子供たちの笑顔を取り戻してくれることは、とても素晴らしいことなのだ。

ビビアも成長しているのだなぁ、と満足して頷いた。

「冗談ではないのですが、まぁ、結果オーライなのでいいんですけど……」

フェンリルが何か言っているのだが、子供たちの喧噪に紛れて聞こえない。

「何か言ったか？」

「はぁ、いえ。別の話をしましょうか」

なぜか嘆息してから、彼女はいつものキリッとした表情をしながら俺に言った。

だが、なぜか顔が赤い。どうしたのだろうか？

「あのアリアケ様……」

「どうした？」

俺が首を傾げると、彼女はおずおずとした様子で言った。

「手を放してもらえますでしょうか？」

どうやら握りっぱなしだったようだ。

「おっとすまない。嫌な思いをさせたな」

俺はすぐに放した。

だが、彼女は顔を赤くしながらも淡々とした口調で、

「別にアリアケ様に手を握られるのはイヤではありません。誤解されませんように」

と言ったのだった。

誤解とはなんだろう、と思ったが。

このボクネンジーンという、俺の最愛の人の声が何となく聞こえてきたような気がしたので、俺はなんとかそれを聞くのをやめたのだった。

～フェンリル視点～

今日は冥王ナイア様に、国内の状況を報告に来ていた。相変わらず官吏たちは忙しそうである。

だが、人類の命運を、まだ諦めていないということだ。

地母神ナンムが死んだことで一時的に絶望感が蔓延《まんえん》した滅亡種人類王国であった。

しかし、幸いながらアリアケ様のカリスマによって徐々にそのショックから立ち直りつつある。

魔王イヴスティトルの因子によって汚染されたモンスターの襲撃は続いており、まともに他の国

……例えば獣人族やエルフたちとの交流はできない状況に変化はない。

だが、彼という救世主が1人いるということが、人類の希望となっているのだ。

アリアケ様お1人の力で、こうも雰囲気が変わるとはな。

私は彼の顔を思い浮かべて、少し口元を緩めたのだった。

「良い表情である！　萌えであるな！　良きかな！　さすが我が従僕である。思い人を想《おも》って、知らず知らずのうちに唇を綻ばす。まことに素晴らしい！　萌え！　であるな！　特に普段武人っぽい少女が可憐に微笑む様は永久保存したい気持ちでいっぱいである!!」

「……」

いつの間にかナイア様がいた。

そして、意味の分からないことを、唾を飛ばしながら力説していた。

ナイア様は人類種を滅亡から守る、まさに英雄であるが、時折意味不明なお方である。

「ナイア様、本日は街の様子などを報告に来たのですが」

「うむ、そなたの大好きなアリアケの活躍を惚気《のろけ》に来たというわけじゃな!?　良かろう！　その惚気話、聞こうではないか」

「違います」

私は心を冷え切らせて言う。瞳も絶対零度である。絶対服従を誓っているが、表情のコントロールまでは難しい。

だが、ナイア様はますますニヤニヤとした笑みを浮かべる。

回れ右をしてダッシュで離脱しようか？

いや、この御方はその瞬間目の前に瞬間移動して来るだろう。

さっきだって、明らかに気配はなかったのだ。

それはともかく、

「ほほーん、惚気ではないというのか、ほほーん。じゃが、内容のほとんどにアリアケが関わっておるのじゃろ〜？」

「それは、そうですが……」

「ほーら、やっぱり〜」

「何がやっぱりなのですか……」

私は嘆息する。

「英雄が活躍するのは当たり前です」

「そうじゃな、そうじゃな」

「だから、私がアリアケ様の行動を克明に観察し、報告することに他意はありません」

「その通り、その通り」

「ただそれは、彼の働きが素晴らしいうえに、目を離せない活躍ばかりするからです」

「わっしょい、わっしょい！」

「ナイア様！」

「うおっと」

ナイア様は「わっはっはっは」と笑ってから、

「じゃが、そなたがそこまで入れ込むのは珍しいじゃろ？」

と言った。

「別に入れ込んでなどおりません。ただ、あの方は強いだけではなく、本当に色々なことを考え、見えておられる。優しいだけではなく厳しさも。それが少し好ましいと思うだけです」

「……」

「ナイア様？」

急に黙ったので気分を害してしまったか？　と思った。

だが、

「くぁ〜、マジではないか、マジではないか。修行にしか興味のなかったあのフェンリルがなぁ。いやはや、聞いている我の方が恥ずいものなのじゃな、恋バナというのは」

そう言いながらパタパタと自分を扇《あお》いでいた。

「ナイア様……も結構ウブなのですね……」

「あ、うん。恋愛とかしたことないから……。ちょっと今度教えてくれん？」

「だから別に恋をしているわけではありません」

「頑固じゃなー。ちなみに、最近アリアケのかっこよかったと思ったシーンは何じゃ？」

「かっこいい？　別に……そういう目では見ていませんので……」

私は言下に否定する。

ちょっと耳が熱いが、気のせいであろう。

「じゃあ、かっこ悪いシーンを教えてみよ」

私は考える。

初級勇者ビビアならば１００くらいかっこ悪いシーンを思いつく。

だが、同時にその横でそのビビアをフォローするアリアケ様が思い出された。

全体を見渡しながらも、しっかりと頼りない勇者をフォローする彼の姿は輝いていた。

「さすがアリアケ様……」

「あ、これは重症じゃな」

「い、いえ。違います。かっこ悪いのが隣にいるせいで相対的にかっこよく思っただけです」

そう言いながらも、一緒に食事をした時のことなんかを思い出した。

彼はこんな無愛想な私にも自然に接してくれる。

私が強い言葉を使っても、彼の返事はいつも柔らかく包み込んでくれるようだ。

あと細かいところで紳士的だった。

戦闘が終わった時に汚れた私の顔にハンカチを当ててくれたりする。

汚れるのには慣れているから、最初は余計なことを、としか思わなかったのだが。

今はそれがないと落ち着かない。

ケガがないか聞いてくれるのも、なんだかムズがゆいから当初は嫌だった。

今はやっぱり、それがないとそわそわとする。

彼のパーティーにいることで、今までにない充足感を得ている気がする。

でも、

「別になんとも思ってません」

「そんな長い物思いしておいて、その結論はないのではないか!?　まぁいいか、必要な情報もとれたし」

「？」

今の話に重要な内容が含まれていただろうか？

「わはは、こっちの話じゃよ。未来に備えぬといかんからな！」

それは冥王として職責の話。

でも、私はなぜか、ナイア様がもっと未来を見るような瞳をされているように思った。

ルビーのような、深紅の瞳。

あるいは私が生まれた、地獄に蠢く炎のような色。

あるいは……。

「では他の情報も聞くとしようかな。私室で聞こう。書類がたまっておるのでな。ついてくるが良い」

「はい」

私はナイア様の後に続いて歩き出す。

地獄から召喚されてはや1年。

地獄の番犬と謳《うた》われた私を圧倒した力を持つ御方に従い、私は今日も人について学ぶ。

「うむうむ。愛も学んでいて我は嬉しい！」

「心を読まないで頂けますか？」

だが、目の前の人《ナイア様》のことだけは、他の人間と違うところが多すぎて、いまだに理解できないのだった。

~？？？？？視点~

ザッザッザッザッ……。

荒廃した大地を歩く4人組がいた。

ボロボロのフード付きの外套《がいとう》をまとい、フラフラと歩く姿は明らかに行き場を失った流浪の民だ。

そんな流浪の民が、終末の世界においてどうなるかは決まっていた。

「おいおい、こんなところでフラフラしているなんて、命知らずな奴らだぜ」

「ひへへへ、まったくだ！　最近はモンスターも強くて、なかなか旅人を襲う機会も減ったがラッキーだったぜ」

「おら、有り金全部と、それから食糧と水、全て置いていきな！　命が惜しけりゃぁな！」

どこからともなく現れた50人ばかりの盗賊たちが、すぐに彼らを取り囲んだのである。

滅亡種人類王国クルーシュチャに全ての人間たちがいるわけではない。

こうした犯罪者などは王国より追放された。

それが徒党を組んで野盗となって、絶滅しかけている同胞を襲撃しようとしているのだ。

皮肉な光景と言えた。

しかし、この時ばかりはいつもと勝手が違った。

こうした流浪の民というのは珍しくない。

そして、ほとんどの場合疲弊しきっていて、こうした盗賊に襲われれば悲鳴をあげるか、あるいは逃げようとするのが常である。

しかし、今回盗賊たちが獲物と見なした4人組は言わなかった。

いや、何かを囁《ささや》き合っていた。

「いやぁ、さすがにもう飽きました。何回目やねーん！　っちゅー話ですよ～。さすがの私もそろそろ『成分』が切れてきたので、いい加減本気モードいいですか？」

「ま、まままま、落ちつくのじゃ。ただでさえ大地が沈んで大変なのに、これ以上大地を割ったり山を削るようなことをしては、色々マズイ気がするのじゃ。っちゅーか、儂《わし》が飛んでもいいのじゃが、めっちゃ敵が襲って来よるからなあ。一旦陸路を選んだのじゃがなぁ。致命的に選択ミスじゃったかなあ……」

「そそそそ、そうですよ、お姉様。ここは一つ穏便に。穏便に行きましょう。それにその身は人妻ですし、あんまりイライラしっぱなしだと、いざあの人に会った時にしかめっ面で会うことになってしまいますよ。はい、僕としては笑顔で再会が良いと思います！」

「確かに。では私はそろそろ少し身ぎれいにしておこうかと思います。あ、戦闘はイライラしている方が担当された方がストレス解消になりますので、win-winの関係だと思います」

「よく正妻を前に言えるのじゃ〜。ドラゴンをして、人間って怖いのじゃーと思わせるのじゃ！」

そんな会話を繰り広げる。

そして、野盗たちは完全に無視されていた。

彼らはこの荒野における強者であると同時に、王国を追い出されたはみ出し者たちだ。

だからこそ、こうして馬鹿にされることは絶対に許せない。

特に、今の会話で分かったのは、なんとこの4人は女性だということだ。

しかも、フードの下にちらりと見えた顔《かんばせ》は、目を疑うような美人ぞろいであった。

だとすれば、

「へっへっへっ、こいつは運がいいぜ！」

「今日は祝杯だな」

「俺はあの金髪の女がひひあっ⁉」

いいぜ、とそう続けようとした野盗の1人が、突如吹っ飛んで行った。

野盗たちの間を縫うように吹き飛んでいき、背後の森の中へと勢いを殺さず突っ込んでいく。

バキバキメキメキという、大木が折れる音、そして実際に遠目にも木が折れて倒れる轟音《ごうおん》が鳴り響いていた。

一瞬、何が起こったか分からなかった野盗たちであったが、美しい、そして場違いなほど呑気な声音によって、理解することになった。

「困りますねー。私はもう売却済みなんです。あの方以外に指一本触れさせるわけにはいかないんです〜。あ〜でも、ボクネンジン、なかなかアピールしても気づきませんからねー。うらめしやー」

そう言うのと同時に、はらりとフードが外れて顔が見える。

荒野にはとても似つかわしくない美少女であった。美しい金髪がゆるくウェーブし、優し気な碧《へき》眼《がん》、口元には微笑を浮かべている。聖装をまとった姿と相まって、まさに聖母のようなオーラを醸し出していた。

だが、その容貌とは裏腹に、彼女の目の前には歪《いびつ》にへこんだ地面と、若干の地割れが発生していた。

そして、彼女の拳からは、シューシューと音を立てて、擦過熱による煙が発せられていた。

誰が先ほどの現象を引き起こしたのかは明らかであった。

「な、何をしやがった!?」

「何って、決まっているじゃないですか～」

彼女はやはり聖母のような笑みを浮かべながらも、シュッともう一度拳を振るう。

すると、風切り音が鳴ると同時に、

「ぐわっ!?」

みぞおちを押さえて野盗の男たちが数人くずおれた。

「馬鹿な!? 届いていないはずだぞ!?」

「ただの空圧ですよ～。便利なんですよね～、これ」

「それ、ドラゴンとかがやる技なんじゃけどな……。あ、いや、何でもないのじゃ」

他の少女たちもフードを外す。

1人は少し背が低い、赤い髪と深紅の瞳が印象的な美少女であった。

次の人物は中性的な顔立ちをしていた。ボク、と言っていたから少年なのだろうか。黒髪、黒目の整った顔立ちで、少し困ったように他の女たちを見ていた。

そして、最後の1人は青い髪に薄紫の瞳を持つ、生真面目そうな表情をした少女であった。しかし、一番考えが読めない雰囲気がある。

「まぁ、それはともかく何回目か忘れたが盗賊退治なのじゃ。倒せば倒すだけ、多分再会した時に褒めてナデナデ量が増えるはずなのじゃ。むふふ！」

「なるほど。それは気づきませんでした。えーっと、お姉様もそれくらいは許す、という微妙な笑みを浮かべてくださってますものね。よーし、じゃあボクも頑張りますよ！」

「なるほど。身ぎれいにしてばかりではネタが弱いかもですね。では頑張ります」

そう言って、少女たちが身構えた。

「しょ、正気か!?　この人数を相手に!?」

野盗たちのリーダーがすごむように叫んだ。

相手は4人。

美しい少女たちがたった4人だ。

確かに一瞬にして数名が倒された。

だが、人数ではまだまだ圧倒しているのだ。負けるはずがなかった。

しかし、

「や、やれ！　お前たち！」

「……」

「おい！　どうした！　お、お前らっ……え？」

リーダーはこない返事に怒声を上げながら振り向く。だが、それによって嫌でも思い知らされた。

「なんじゃ、お前ら。全然動かんから逆に儂ったら、びっくりしちゃったぞ？」

「ちゃんと手加減されていて偉いです！　お姉様！」

「これではあの方に語る武勇伝としては弱いですね。すみません、回復するのでもう一度立ち上がってもらっていいですか？」

「さらっと怖いこと言いますよね、この将来の上司……」

金髪の少女が嘆息する。

それから、クルリとこちらを向き、微笑みながら言った。

「それはともかく、因果応報という言葉知ってますか？」

彼女はズズイと近づきながら言った。

野盗のリーダーは既にしりもちをついて、怯えることしかできない。

「食べ物と水……全部……じゃなくて、４人分で結構ですので、よろしくお願いします。あと、人がいる場所を教えてくださいね」

言葉は丁寧だが、否とは言わせぬ迫力に、野盗の男はガクガクと首を縦に何度も振ったのである。

5、第三の魔王　月

「大変じゃ！　大変じゃ！」

どたばたとした様子で深紅の少女が玉座の間へ駆け込んでくる。

誰あろう冥王ナイアだ。

だが、こうした姿は珍しい。

常に冷静……ではないが、余裕があるのが彼女の特徴だ。

それがこうも慌てふためくとは。

「んだよ。てめえが集まれって言うから、こうやって『深夜』にもかかわらず、多忙な超勇者であり救世主たる俺が来てやってんだぜ～。くははははは！　大船に乗ったつもりでいろや！　慌てる必要なんてまったくねえ！」

「さすが初級勇者ビビアだ。それくらいの余裕が初級勇者には必要だ」

「初級初級言うんじゃねえよ！　超勇者かつ救世主様だっつってんだろおおおおおおお！」

「いや、救世主はアリアケ様のことだ。お前はその不出来な弟子。あるいは御付きの者として民には認知されている。光栄なことだな。初級勇者よ」

「誰が御付きの者じゃぁい、くそがぁあああああ!?」

ビビアは相変わらず騒がしいが、おかげでナイアは少し冷静になったようだ。

「しょんべん太郎の様子を見ていたら、何だか余裕が出て来たわい。褒めてつかわす！　さすがアリアケの弟子である！　道化役もこなすとは！　いっそ、勇者はやめてピエロ役で就職するか？　給与もはずもう！」

「道化役なんてこなしてねぇ！　俺は勇者だ！　勇猛果敢さで俺の右に出る奴はいねぇ！」

勇者の自覚があることは良いことだ。

それに、

「確かにビビアが強敵に恐れをなさず、まるで無防備でつっこんでいく様子は勇猛そのものだ。時に蛮勇にすら見えるその姿は俺の予想すら上回るからなぁ」

そうしみじみ言う。

「それは本当に相手の実力が見えていないだけだと思うのですが、アリアケ様」

「ははは」

フェンリルが冗談を言うので俺は思わず笑った。

そんなわけはあるまい。

ビビアの死をも恐れぬ勇気は俺も評価しているのだから。

「で、何があったんだ、ナイア。俺たちを緊急で呼び出したのだから、相当のことが起こったんだろう？」

俺の言葉に、ナイアは冷静に頷く。

既にこの場に慌てている者はいない。

ビビアのおかげだ。冷静に問題に対処する心構えが出来ている。

「星見と学者どもの報告によれば、月との距離が急速に縮まっているようなのだ。このままでは時を置かずしてこの星と衝突する」

「なるほどな。ふ、それはナイアも驚いただろうな」

「そうなのだ。さすがに想定していなかったのでな。まさか次の魔王が月《イルミナ》だとは思うまい」

2人して頷く。

「落下してくるのですか、あれが」

フェンリルは若干固唾をのんだようだが、さすが歴戦の兵。

やはり冷静な様子で天を指さす。

神殿の壁は一部開け放たれている。

そこから天空が見えた。満天の星の中に、煌々《こうこう》と血のように赤く光る月《イルミナ》があった。

この星《イシス》との距離が変化することで、そう見えるだけなのだろうが、それはこれから起こる凶事を暗示しているとしか思えない。

「ひ、ひぃいいいいいいいいいいいいいぃ!?　つ、月が落ちてくる!?　あばばばばばばば!?　に、逃げないと!?　で、でもどこへ!?　ひ、ひぃい!　ひぃいいいいいいいいい!?」

「おいおい、ビビア。道化のフリはいい。俺たちは冷静だ。ふ、まぁそんな鼻水と涎《よだれ》と涙を流させるような、生き恥のような姿をさせてしまう俺たちが不甲斐ないと言われればそれまでだがな」

「我にはガチのマジにしか見えぬが、救世主がそう言うのならそうなのであろう！　うむ！　その生き恥の演技！　天晴である！　だが、そのままでは『体液全部抜く』みたいになるので、そここにしておくのじゃぞ、ビビアよ！」

「何だか初級勇者のことがちょっと可哀《かわい》そうになってきました……。あまり英雄の中に一般人を放り込むものではありませんね。私でさえ、少し緊張しているのですから……」

なぜかフェンリルが同情の視線をビビアに注ぐが、彼はそんなことを気にせず、やはり道化の演技を続ける。

体液が全部抜けないか心配だな。迫真の演技だ。

まぁ、それはそれとして。

「いつ落下する？　自由落下なのか？」

「いや、軌道がおかしい。明らかに星に『意思』があるように見えるとのことである。それを踏まえて、星見の意見では1週間後。学者どもの意見も一致しておる！」

「ひぃいいいいいいいいいいい!?　しょ、しょんなにすぐに!?」

「そうか。余裕があるな。準備を整えよう。民たちにも落ち着く時間があるから助かった」

「うむ！　こういう時にパニックになるのが一番困るからな。そこな演技には見えぬ演技をしているお漏らし太郎のようにな！」

「ああ。まずは民たちの心を落ち着かせる。魔王月《イルミナ》落下阻止作戦の立案も同時に進めるとしよう」

「うむ！　我もそれで良いと思う！　いや、それにしても大賢者がいると楽じゃな！　公務2分の1って感じ！　どうじゃ、我と番《つがい》になるか？　この神代を救うのに最高効率である！」

「すまないが愛する妻がいるのではな」

「そうかー。冥王が妾《めかけ》というのはアレじゃからな！　諦めよう！　またの機会に宜しく！　その点、フェンリルにはチャンスがあるな！　うらやま！」

「何をおっしゃるのですか……。別に私はそんなんじゃないですから」

フェンリルが不愉快そうにプイッと顔をそむけた。

やれやれ。

「変なからかい方をするから拗ねてしまっただろう。フェンリル、冗談だから、気にするな」

俺は苦笑しながら言う。

しかし、なぜかフェンリルは尻尾を立てて、ますます不機嫌そうになる。

なんでだ？

「おー、ボクネンジンボクネンジン～♪　らっららー♪」

隣で変な歌を冥王が歌っていた。

「ひぃいいいい、デリアー！　デリアー！　プララー！　エルガー！　おおん！　おおん！　おおおおおん！」

伴奏するように、ビビアの悲鳴（の真似だろう）が神殿に鳴り響いていた。

「やれやれ。月が落ちるというのに、気楽な奴らだ」

だが、だからこそ頼もしい。

俺は微笑む。

この大賢者アリアケが支援するに足るメンバーだと思ったのである。

……とはいえ、少しだけ物足りなさも感じるのだが。

それがなぜなのか。

疑問に思うまでもなかった。

だが、今はこのメンバーで何とかするしかなかった。

「では第三の魔王『月』討伐作戦を開始するとしよう」

救世主の俺の声を皮切りに、戦いの火蓋《ひぶた》は切って落とされたのである。

ところで、

「第三の魔王で良かったんだよな？」

「うむ！　もちろんである！　どうかしたのか？」

「いいや」

俺は微笑みながら、

「度忘れしたので確かめただけさ。なぁ、ナイア？」

「うむ！　誰しも忘れっぽいからな！　我も時々忘れる！　ぬわっはっは！」

俺は彼女の笑い顔を見て、同じく笑う。

なるほど。

第三の魔王か。

「まぁ、了解した」

俺は早速次の行動に移ることにしたのだった。

俺が思った通りだとすれば、ジタバタしても始まるまい。


「月はこのイシス星に比べればはるかに小さくはある。4分の1くらいじゃな。うむ、どうじゃ、楽勝感、出てきたであろう？」

「出て来ねーよ！　絶望感が増して来た！　星がぶつかるなんて聞いたことねえよお～。そんなの勇者の仕事じゃねえよ～。俺は（よわっちー）魔王を倒して英雄になってチヤホヤされるために勇者をやってるんだぞ！」

「だから今回は落下する月が魔王なのだ。受け入れろ」

「そんなのありかよ!?　っていうか、マジなの!?　本当にあのお空に浮かぶお月様が魔王なの!?　なぁ!?」

ビビアが悲痛な声を上げる。

「アリアケ様……。あの、本当にこいつは勇者なのですか？　前々から疑問の思いが脳裏を高速で掠《かす》めまくるのですが」

フェンリルが半眼で、ビビアを指さしながら言った。

俺は微笑みながら鷹揚《おうよう》に頷く。

「ははは。正直、体液を色々垂らしていて、みっともないうえに勇者の風格は消失しているが、嘘偽らざる本音なんだろう。こんな風に皆の前でも本音をさらけ出せるというのも才能の一つだ。一見情けないかもしれないが、さすがビビアだ」

「一見というか、百見しても情けないので、さすがとかいう感想にはならないのですが……」

「うむうむ、そなたらは余裕じゃな。では、場も温まったところで作戦会議を進めようではないか。と言っても、やることは単純なので悩むことはない。安心せよ！」

「マジかよ!?　さすがナイア女王だ！　ばんざーい!!」

「うむ！　だって、月が落ちてくるだけなんじゃもん。作戦も何もないのだ。『受け止める』。ただこれだけである」

「このクソ女王が！」

「口を慎め初級勇者。後でパクパクの刑な」

「ひい!?」

そんなやりとりを横目に俺は作戦の具体化を口にする。

「だが、並みの障壁では受け止められないだろう？　少なくとも数十の障壁がいる」

「うむ！　その試算をしているのだが、よく分からぬ！　どれくらいの衝撃になるのであろうか。

それによってなけなしのリソースをどれだけつぎ込むか決まってくる」

「うーん。4分の1と言ったな。だとすれば質量としてはこの星の64分の1だ。それが超高速で落下してくる」

「ほうほう」

「A級冒険者レベルの魔法使いたちが全力の魔法障壁を展開することを前提にしてだが、34重の魔法障壁が必要だろうな」

「す、すごいですアリアケ様。今、一瞬で計算されたのですか!?」

「これくらいは勇者パーティーのポーターとしては当然のことさ」

「当然ではないと思いますが……。そんなことが出来る方は見たことがありません」

「ははは、大げさだな、フェンリルは」

俺は反射的に彼女の白磁のような美しい髪を撫でる。

「ア、アリアケ様……」

「おっと、すまない。嫌だったか」

未来のフェンリルとは違って可愛らしい少女の姿で、なおかつ、どうにも撫でやすい箇所に頭があるので、つい撫でてしまった。

だが、年頃の少女にしてみれば、俺のような年上の男に触れられるのは嫌だろう。

しかし、

「もっとしっかりと撫でてもらわないと困ります。義務を果たしてください」

「へ？」

「フェンリルの頭を撫でるのは主人《リーダー》の役割ですから」

なぜか少し頬を染めながら、少女は言った。

「おいっ、真の勇者パーティーのリーダーたる俺はっ……！」

「至福の時間だ。邪魔をするなら丸のみにするぞ」

ひいっ、という悲鳴が轟くが、フェンリルは構わずに俺の手を取って、頭を撫でさせ続けた。

やはりフェンリル＝狼なので、頭を撫でられるのが好きなのだろうなぁ。

「うむうむ。良いな、心が温まる光景である。同時に朴念仁の波動も感じる。まぁ、そのまま続けて良いのでもう少し作戦を詰めよう。34重障壁は何とかしよう。リソースはほとんどなくなるが滅亡種となるよりはマシであるからな。して、アリアケよ」

「なんだ？」

なでなでしながら、俺は返事をした。

「そなたはどうする？　障壁の展開を補助するのか？　本作戦立案者として後方から全体を指揮するのも良いであろう」

「もちろん補助はするさ。それ込みの34だからな。だが」

俺はウインクをしてから、

「最終障壁の担当もしよう。俺の命をかけて、人類を滅亡から救済しようと思う」

「それは過重労働ではないか？　そなたの負担が重すぎるのでは？」

ナイアが言うが、俺は微笑みつつ、

「俺は救世主だからな。後ろでのほほんとしていたら、余計に居心地が悪いのさ」

その言葉に、一瞬ポカンとしてから、ナイアは呵々大笑しつつ、

「わはははは！　それは民たちの支えになろう！　救世主が最後の砦となってくれるのならば、皆、本来の力を出せるに違いあるまい。さすがはアリアケ。その役割を心得ておるな！」

「はい、さすがアリアケ様です」

ナイアとフェンリルが賞賛するようなことを言うが、俺は肩をすくめながら。

「人類最大のリソースを使わない手はないだろう？」

「言われてみればそうであるな、うわはははははは！」

「頼りにしています。アリアケ様」

ナイアとフェンリルが笑う。

俺も微笑みながら、

「落下地点はここから南へ100キロか。そろそろ部隊を移動させる必要がある。魔王イヴスティトルの因子に汚染されたモンスターも出るから護衛兵も必要だしな」

「うむ、早急に準備にかかるとしよう。誰かある!!」

伝令兵が飛んでくる。

「救世主アリアケによる『34重障壁作戦』が立案された！　これを我が滅亡種人類王国は採用し、断固として成功させる。詳細を指示する。まずは……」

矢継ぎ早にナイアが指示を下していった。

「さて、では俺たちも準備にかかるとするか」

「あ、ああん!?　お、俺たちぃ!?　お、俺もぉ!?」

なぜかビビアが意外そうな表情をする。

俺は首を傾げながら、

「おいおい、当たり前だろう？」

淡々と言った。

「初級勇者パーティーとして最終障壁の担当をするんだから」

「えっ？」

当たり前のことに、ビビアは再度驚いた顔をした。

「さっき言ったじゃないか。リソースは限られていて無駄にできないと。お前ももちろんついてくるんだ。というか、お前がリーダーだからな。最終障壁を担当するから、一番死亡確率が高い。まぁ、いつものことだから、お前は気にも留めないだろうがな」

俺は微笑みながら言う。

「そ、そんな!?　お、俺は行かねえぞ!?　そんな危険な場所になんて行くもんか。きえええええ！」

ビビアが奇妙な鳥のような奇声を発するが、残念ながら選択の余地などない。

「お前としてはここで直接民を守りたい気持ちなんだろうが、さすがに今回の最終防衛ラインは星の落下地点そのものだ。勇者の自覚があるのは結構だがな。フェンリル、すまないがお前の力も借りたい。宜しく頼む」

「お任せくださいアリアケ様。ビビアと一緒にあなたの盾になりましょう。あと、責任をもって、こやつを月落下地点まで連れて行きます」

「や、やめろおおおおおおおお!?」

「ははは。そうだぞ、フェンリル。ビビアが責任を破棄して逃げるわけないからな」

「あ、はい」

フェンリルがなぜか遠い目をしながら頷いた。

その理由は分からないが、ともかくこうして俺たちは第三の魔王『月《イルミナ》』から星を守る『障壁作戦』を開始したのである。

俺の立案した作戦に人類の命運がかかっていると言えば重く聞こえるかもしれないが、

「まぁ、いつものことか」

俺は苦笑しつつ、出発の準備を整えるのであった。


「うーん」

チチチチという小鳥たちの鳴き声で目が覚める。

第三の魔王『月』の落下地点へと王国から出発した最初の朝である。

しっかりとした天幕に、組み立て式の簡易ベッドを設えた部屋の中の居心地は悪くない。

ただ、宇宙癌ニクス・タルタロスの襲撃によって気象は狂っていて、気温は下がっており肌寒さはあった。

いや、あるはずだった、が……。

「あれ？　なんだか温かいな」

ベッドの中が妙に温かいことに気が付く。

カイロを入れた記憶もないのだが……。

そう思って掛布団をめくると。

「うーん、まだ眠いです……もう少しだけ眠らせて、すや……」

「……」

絹のような美しい髪と、そこから可愛らしい耳がぴょこんと生える生き物がいた。

「うーん、どうしたものか」

俺は冷静になるように努めることにした。

「昨日は特に普通に眠りに就いたはずだ。少女が訪ねて来た記憶もない。ふーむ、これは難問だな」

久しぶりに頭を悩ませた。

そして、

「なるほどな、これは夢か。なら、そろそろ起きないとなぁ」

だが、

「離れられると寒いので、もう少し身体を寄せてください、アリアケ様」

「ん？　ああ、すまない」

怒られてしまった。

言われた通り身体を寄せた。

「夢なのに温かいなあ」

「はい」

彼女はモゾモゾと更に身体を俺にくっつけてから、解説するように言った。

「私の本来の姿はフェンリルという地獄の魔獣です。その形態であれば寒さなど感じません。ですが人間形態ですと若干寒さも感じます」

「体毛なくなるもんな」

「それはデリケートさに欠ける発言ですね。以後、禁止とします」

「なるほど」

アリシアみたいなことを言うなあ、と思ったりした。

そろそろ会いたいものだ、と自然と思う。

「くんくん、別の女のことを考えている匂いがしますね」

「いや、妻のことをな」

「なるほど」

ぐいぐいと、更に身体を押し付けて来た。

若干痛いぐらいだ
「痛い痛い」

「それは良かった」

何が良かったのだろう。

ただ、すぐにその痛いのはやめてくれたが。

「で、何でフェンリルが俺のベッドにいるんだ？　自分のベッドがあるだろう？」

「寒かったからです」

えーっと。

「ちゃんと簡易暖炉もあったと思うが」

「そうですね。それも悪くありませんが、人肌で温まるのが一番いいかと判断しました」

「なぜそんな判断に……」

「それは……」

彼女は言いかけながら起きると、潔いほどあっさりとベッドから降りた。

「暖を取るには効率が良いからです。身体的にも。心的にも」

「身体はともかく、心も？」

よく分からん、と俺が首を傾げていると、彼女は答えずにすたすたと出口へと歩いて行った。

「さ、それより、今日も移動です。早く起きて準備しましょう。アリアケ様」

「ん？　ああ、そうだな」

彼女の言っていることの99％はよく分からなかったが、俺はすぐに頭を切り替えた。

なぜなら、妻のアリシアが言うことも、時々分からないことを思い出したからだ。

かくも、女性の行動は理解できないことが多い。

きっと複雑な事情や考えがあるのだろう。

何やらすぐ『ボクネンジーン』という波動が届いたような気がしたが、きっと気のせいだろう。

俺は彼女に続いて天幕の外に出たのだった。

月の落下まで、もう時間はない。


空の彼方。

だが、いつもならばぼんやりとした美しい白き月が、今ははっきりとした相貌を俺たちに見せつけていた。

まだまだ遠い。

だが、本当に近い。

そんな不思議な光景が、俺たちの上空で展開されていた。

「星見どもによれば、ここが月の落下地点の、その中心部分となる」

「ひえええええ……。に、逃げないと……」

「言っておくが、どうせどこに逃げても助からんぞ？　何せあの月が落ちてくるのだからな。ここは一つ、救世主の『障壁作戦』をまんまと成功させようではないか！　わっはっはっは！」

「どうしててめえはそんなに楽観的なんだよ!?　月だぞぅ!?　もっとビビれ！　俺だけビビッてるみたいなのは我慢ならねえ！」

「わははは！　滅亡種の女王ともなれば、世界の終わりなど慣れたものだ！　これもその一環である！　だが、今回はなんとも心強い味方がおる！　しかもとびっきりの、と来た。本当ならば我とて多少ビビッておったかもしれんが、ここまでラッキーな状態で、ことに向かえたのであるからして情けない態度など取れぬ！」

「ふ、ふん！　まぁ、確かにな。俺のような最強の助っ人が未来から来たとなりゃあ、確かにお前がビビらねえ理由に……」

「あまり過大な評価をされてもな。戦うのはお前たちでもある。俺はほんの少し手助けするだけだ」

「ふふふ、世界の危機を未来で何度も救った英雄が、ちょっと手助けしてくれるなんて、胸あつ以外の何物でもない！」

「おい、俺のことを忘れてんじゃねえぞ！　この俺こそが超勇者っ……」

「ええ。それに既にアリアケ様はクルーシュチャの民たちの希望となっています。あなたがいなければこの戦いに参戦したがらない兵士たちは多かったでしょう」

俺は頷く。

「まぁ確かにな。人を動かすのは力だけじゃない。心が伴わなければ、そもそも戦いにならないというわけか」

「その通りです。良かった。やっとご自身の影響力を少しは理解してくださったようですね」

「ふ。だが、俺だけの力じゃないさ。このビビア」

「そうだ！　俺だ！　俺の存在こそが人々の希望でっ……！」

「子供たちに大人気だ。ああも子供たちと等身大で遊べる英雄などそうはいまい。大したものだろう？」

「あー、えっと、はい……。まぁ確かに私ですと少し怖がられたりしますからね」

「俺もだ。その点ビビアは子供に人気がある。泥団子をぶつけられたら、まるで本気で怒っている演技をしながら、追いかけたりするからな。子供たちも楽しいんだろう」

人魔同盟学校の校長をしている関係上、子供に好かれるのは一筋縄でいかないことは知っている。

それをあっさりと、しかも見知らぬ土地でやってのけるビビアはさすが勇者を名乗るだけある。

「ふんがあ！　思い出したらむかついてきた！　街に帰ったら俺の特製泥団子を喰らわせてやる！」

「ふっ。まったく、子供相手の遊びにこうも真剣《しんけん》になれるのだからな。俺などは遠巻きに眺められるか、握手を求められる感じで少し寂しいと思っているくらいだというのに」

「いえ、アリアケ様。それは子供相手に真剣なのではなく、マジ、になっているだけのように思うのですが……」

「？」

フェンリルがよく分からないことを言う。

聡明な彼女のことだ。きっと哲学的な意味合いなのだろう。

さて、それはそれとして。

「魔法使いたちの配置は完了済みだな？」

「うむ。人類に残された34人の魔法使いたちを連れてきた。月の落下まであと12時間だが、所定の位置で既に待機を命じている。何が起こるか分からぬゆえな。そして、アリアケ、そなたの支援スキルを待っている状態だ」

「了解した。っと、それはともかくとして、早速来たようだ」

俺が察知するのと同時に、フェンリルも何も見えない空の彼方を見た。

「ああん？　何が来たってんだよ？　なーんにも見えねえぞ〜」

聖剣にもたれかかって、ぞんざいな口調でビビアが言った。

「気配察知スキルに反応した。レッドドラゴンだ。恐らく１００匹程度」

「私の耳と鼻も同じ気配を捉えています」

「うむ！　やはり来おったな！　魔王イヴスティトルの因子に支配されたモンスターどもであるが、別の魔王にも加勢するということが、これで証明されたというわけだな！」

「あわ、あわわわわわわ！」

「まぁ予想できたことだ。そのために勇者パーティーがここにいるのだからな」

「然《しか》り！　楽勝で退けてくれようぞ！」

「ええ。接敵まで1分。そろそろ肉眼で見えます。全軍！　反撃準備!!」

「はわ、はわ、はわわわわ！」

全員が、各々の武器を構える。

そして、フェンリルが言った通りおよそ1分後、１００匹以上のレッドドラゴンが、第三の魔王『月』への迎撃作戦を邪魔するために、襲来したのであった。


「うむ！　現場は久しぶりだが、やはり運動は良い！　見よ、この冥王ナイアの深紅の鎌の切れ味を！　あとで全部ドラゴンステーキにしてムシャムシャしてやろうぞ！」

「スキルもまだ使っていないのによくやる。無茶をするな。《攻撃力アップ》《スピードアップ》《竜殺し》」

「おっと、久しぶりなのではしゃぎすぎたのう！　だが、これは凄いな！　見よ、冥王ナイアちゃん、ここにありじゃ！」

掛け声はまるではしゃいだ子供のようであるが、彼女が宙を舞い、大鎌を閃《ひらめ》かせるたびに、レッドドラゴンたちの首が次々と胴体から離れる。彼女だけで10匹以上を既に仕留めた。

「よし！　ノルマ完了である！」

着地すると同時に鎌をドンと大地に突き立ててナイアが言う。

周囲はレッドドラゴンの亡骸《なきがら》で屍山血河《しざんけつが》を作っている。そして、その中央にたたずむ冥王ナイアの存在も赤く、一帯は紅一色に染まっていた。

見る者が見れば、悍ましい光景だ。

だが、人類の危機にあって、これほど勇気を与える光景はない。

「ふざけんな！　もっと働け！」

ビビアが文句を言う。

気持ちは分かるが、

「そなたが働かんか。我だってちょっとは手を抜きたい。いつも頑張りすぎるとワークライフバランスが崩れちゃうじゃろ？」

「そんな場合か!?」

「そんな場合よ。これくらいは雑魚ではないか。そなたが何とかせい」

そんなことを言っている彼女へ、単体で突撃してきたドラゴンが大口を開けて丸のみにした。

「ひえええええええ!?　だから言ったのにー!?」

ビビアの叫び声が響くが、

「だから、我はお休みじゃと言っておろう？　そなたらは英雄。役割が違うじゃろうに」

何もなかったかのように、彼女の身体が現れる。

彼女をのみ込んだように見えたドラゴンの肉体は両断されて、その間に立つナイアは微動だにしていない。

「アリアケの支援スキル凄いの。我の攻撃、見えんくらい速かったわ、ぬわははは！」

「……」

　呵々大笑するナイアにビビアが絶句しているが、余りぼーっとしている余裕はない。

「ん。とりあえずドラゴンどもが距離を取った。遠距離戦に切り替えるつもりだろう」

「な、なにぃ!?　も、物陰にっ……！！！」

「フェンリル、ビビア、頼むぞ」

「承知した」

「へ？」

「先ほどのスキルに加えて《回数付き回避》付与、《火属性攻撃耐性》付与、《即死無効》付与」

「ありがとうございます、アリアケ様。よし、行くぞ、ビビア」

「い、いやだ！　お前の背中になんか乗りたくない！」

　ビビアが首をブンブンと振る。すると、フェンリルが呆れた声で、

「私の背中にお前など乗せるわけないだろう。私の背中はもうアリアケ様のものと決めて……ごほん。ともかく、お前は自分でドラゴンたちの所まで行け！」

「む、無理に決まってるだろう！　それに前みたいに無理やり突っ込ませようとしても無駄だからな！　俺は行かねえ！　命大事になんだぁ！」

　ふ〜む、どうやら。

「ビビアは一番困難な最終防衛戦で戦うことを希望しているようだ。さすがの覚悟だな」

「はぁ、まぁ、そういうことですかねえ。ですが分かりました。攻撃する方が楽なのですが」

「へ？」

俺とフェンリルの会話に、なぜかビビアはキョロキョロと視線を行ったり来たりさせる。

今更、確認するほどのことではないというジェスチャーだろう。

ふ、さすがだな。

俺は彼の覚悟をすぐに理解して、次の作戦行動へと移る。


ビビアの覚悟を無駄にするつもりはない。

俺はすぐに行動を開始した。

フェンリルには遠距離からブレスを吐いて来るドラゴンたちの相手をしてもらうが、１００匹はさすがに多い。

それを見越してビビアは囮《おとり》になると言ったのだ。

「囮役は頼んだぞ！　ビビア!!」

「は、はぁ!?　誰もそんなこと言っちゃっ……！」

「スキル使用！　《挑発》を付与!!」

その瞬間、
ボン!!

という音を立てて、ビビアの髪の毛が真っ赤でトゲトゲなヘアスタイルとなり、無駄に凶悪なオーラがあふれ出る。

ビビアのマントも無駄に重力を無視するようにひるがえり、嫌でも目にとめる様相に変身した。

それを目にしたドラゴンのうちの半分が、その自分たちを舐めた挑発的な恰好《かっこう》が我慢ならないとばかりに、ビビアへと殺到してくる！

『キシャアアアアアアアアアアアアア!!』

「う、うわあああああああああ!?　な、なんで俺の方に!?　クソどもが！　空飛ぶいきがりトカゲの雑魚助のくせに！　この最強勇者ビビア様にたてつくんじゃねーよ！　おとなしく地面を這《は》ってやがれえ！」

自分の姿がどんな風なのか見えていないビビアは、突然襲撃してきたドラゴンたちから距離を取る。

だが、さすがだ。

役割は忘れていない。

ビビアは大急ぎで後退しながら、ドラゴンたち相手に口汚く罵《のの》しったのだ。それによって、挑発の効果を更に増幅させようとしているのだろう。

……だが、それにしても凄い効果だな。

「せいぜい釣れるのは10匹程度かと思ったが……凄いな。どうしてだろう？」

俺は首を傾げつつ、

「ふむ、やはりビビアが意識的に聞くに堪えない罵声を発したりして、敵を引きつけてくれているからか」

俺は納得して、感心した。

戦場をコントロールする才能は、何も俺のように万能というだけではないということがよく分かる。

「あいつのような、知略を用いた戦い方もあるのだなぁ」

「いえ、いつもあんな感じだと思いますが……」

隣のフェンリルが何かぼそっと呟いてから聖獣の姿へと変身した。

そして、たちまち、遠距離から攻撃しようとしているドラゴンの元へと肉薄する。

彼女もブレスを放つつもりなのだ。

あちらは彼女に任せておいて大丈夫だろう。

おかげでこちらに集中出来る。

「よし、ビビア、お前のおかげで敵戦力の分断に成功した！　この隙に一掃するぞ！」

『ギシャアアアアアアアアアアアアア！』

「ひぎゃあああああああああああああ!?」

「おっと、《無敵》付与」

50匹からなるドラゴンたちがちょうど一斉にブレスをビビアへ発射したところだった。

山をも溶かすブレスを一身に浴びて、ビビアが阿鼻叫喚の悲鳴を上げる。

が、

「ふ、ふひぃぃぃ！　ふひひぃぃぃ!!」

「ふ、甘いなドラゴンども。初級勇者パーティーを舐めないでもらおう」

ビビアは健在であった。

むしろ鼻息荒く武者震いをしながらたたずんでいる。地面は融解して、クレーターが出来ており、その中心にて、だが。

彼のドラゴン50匹を前に一歩も退かない姿勢が鮮明に見えた。

だが、それにしても剣くらい抜いたらいいとは思うのだが……。

「自分は盾なのだという心意気の現れなのだろうな」

俺は微笑む。

34重障壁作戦のために、自分が魔法使いたちの盾となり、攻撃をさせないことこそが、今作戦の成否を握るということをよく理解しているのだろう。

とはいえ、心意気は買うが、攻撃をしなくては相手を倒すことが出来ないのも事実。

「よし、行くぞ！　ビビア！　次のブレスまで10秒はある!!」

俺はクレーターの中心から動かないビビアに声を掛けた。

「い、嫌だぁ!?」

「だが、もう《無敵》は切れているぞ？　攻撃しないと死ぬが……」

「は、早く引き揚げろ!?」

「ふ、了解だ！」

あれだけのブレスをくらっても戦闘意欲が高いことに感心する。

そして、

「空を飛んでもらってもいいが。お前にはこっちの方がいいだろう。スキル《地形操作》！」

「あ、あああああああああああああああ!?」

『ドゴゴッゴオゴオオオオオオオオオン!!』

轟音とともに、大地が脈動して、周囲一帯にとげとげしい針のような岩が何十とそそり立つ。

クレーターから生えた1本にビビアは押し上げられ、それを足場に穴から脱出した。

と、同時に、

『ギ、ギシャアアアアアアアアアアアアア!?』

俺の作った鋭い岩場はドラゴンたちの周囲にも生えて、一瞬ではあるが身動きを封じる！

「ビビア！　その足場を使ってドラゴンたちを駆逐しろ！　ちなみに落ちたら死ぬから気を付けるんだぞ！　スキル《竜殺し》を再度、初級勇者ビビアに付与！」

「う、うおおおおおおおおおおおおお！　くそったれがあああああああああああああ！　後で覚えてろよアリアケぇぇああああああああああああああ!!」

彼は勇猛に叫びながらドラゴンたちに肉薄していく。

まさに死をも恐れぬ行軍。

そして、

「ああああああああああああ！　究極的終局乱舞《ロンドミア・ワルツ》ぁぁああ!!」

まるでやけくそにすら聞こえる気合の入った、勇者固有の必殺技を連続で放つ！

『ギ、ギシャアアアアアアアアアアアア!?』

風よりも速く岩場を駆け抜け、致死の一撃を連続で繰り出すビビアの聖剣によって、ドラゴンたちはまるで虫か何かのように大地へと落下してゆく。

「おお、凄いな！　あっちも決着がつきそうじゃし。さすが勇者パーティーである！」

隣にやってきた フェンリル《フェンリル》ナイアが笑いながら言った。

ああ、と俺は頷きながら、

「俺のスキルで大幅に増強された聖剣による攻撃とはいえ、ビビアの完全な状況判断が無ければこうもうまく一掃することはできなかっただろう」

そう言ってやはり微笑み返すのだった。

「あ、うーん、まぁそうじゃな。うむ、まぁアリアケのそういう視点も斬新で良いのかもしれん！」

「?」

俺は首を傾げる。と、そこへ。

「ひい、ひい……お、終わったぞ、はひ、はひ。ばたん」

疲労困憊《こんぱい》といった様子のビビアが戻ってきた。

さすがに50匹はきつかったのだろう。

同時に、

「こちらも終わりました」

フェンリルも戻ってきた。

ビビアに比べると特に疲労した様子はないが、さすがに返り血まではかわせなかったのか、顔が汚れていた。

そのことを指摘すると、

「ええ、そうですね。汚れています。ですが困りました。ハンカチを持っていませんので」

そう言って、目を閉じて、顔を「ん」と少し突き出してきた。

時々、汚れている時に顔を拭いているので、そういう意味だろう。

ただ、

「すまない、俺の持っているのも今の戦闘で少し汚れたみたいでな。誰かので代わりに……」

「それでいいです」

「いや、しかし汚れて」

「い・い・ん・で・す」

そう言って、更にズイと顔を突き出してきた。

「えーっと、本当にいいのか？」

「はい。むしろ、はい」

彼女はポーカーフェイスなので感情が読めないが、まぁ、「いい」と言っているのだから、いいのだろう。

そう思って、彼女の顔についた返り血をぬぐった。

なぜか隣でナイアがニヤニヤと笑っていた。

「なんで笑っているんだ？」

「にゅふふ。何でもない。これは我の楽しみであるから秘密である！」

「？」

ふーむ、よく分からんが、まぁご機嫌そうなので放っておこう。

さて、

「とりあえずこれで第三の魔王には専念出来るかな？」

そう一息つこうとした、その時であった。

「た、大変です！」

伝令兵が顔を真っ青にして、冥王ナイアの元へ駆けて来たのである。
そして驚愕の言葉を口にした。

6、第四の魔王　枯死ユグドラシル

「エルフの森の長《おさ》から使い魔による緊急連絡がありました！　世界樹ユグドラシルが枯死した模様です!!」

「ぬわんと!?　それは一大事ではないか!?」

伝令兵の言葉に、ナイアがギョッとした表情を浮かべた。

それはある意味、月が落ちてくることを告げた時よりも、驚愕していると言っても良い表情である。

「おいいいいい！　今は月の落下の方が重要だろうが！　世界樹だか何だか知んねーが、んなもんどーでもいいだろうが！」

「はぁ、お前は本当に何も分かっていないのだな」

フェンリルが嘆息しながら言った。

一方の俺はフォローの言葉を口にする。

「そう言ってくれるな。俺の時代、つまり未来においては枯れてしまった世界樹が、エルフの森で大切に保護されてはいる。いちおう文献に残された知識ではあるが、俺や一部学識豊かな者《アリシア》のように学ぶ意欲がない者にとっては余りなじみがない存在かもしれない」

「学ぶ意欲がないのは勇者として致命的では？　まぁ、アリアケ様が勤勉であることは分かりますが」

「ん？　ああ、まぁ……今はその議論は置いておこう」

「どういう意味だこらぁ!?」

疲れてへたりこんでいる割には、文句の声だけは大きいビビアのことは置いておいて、俺は言葉を続ける。

何せ、

「ビビア、実は世界樹には大きな役割がある。何か分かるか？」

「はっ！　知らねえなぁ」

「この世界のマナ生成だ」

「な、なにいいいいいいいいい!?　はぁ!?　おっかしいだろうが!?　マナは自然に発生すんじゃねえのかよ!?　現に俺たちがいた未来でもマナは普通にあったろうが!?」

「まぁ、間違いではない。確かに俺たち生き物の体内にも魔力が存在するからな。そして、その魔力は死ぬ時に放出される。つまりマナとなる。宇宙癌ニクス・タルタロスは、その生死の繰り返しを早め、マナを早々に星へ充足させようとしたわけだしな。だが、本来、この過去において、つまりこの神代においてマナを供給していたのは『世界樹ユグドラシル』なんだ。そして、その世界樹が今枯死しようとしている。いや、もう枯死したのだろう」

「な、何が起こるってんだよ!?」

「決まっている。マナの減少……。いや、違う。これは……魔王なのか？」

「魔王？　はいい？　魔王は上空を今覆いつくそうとしている月なんじゃねえのかよ!?」

ビビアが叫ぶ。

「確かに、私も不承不承ですが、このビビアに同意します。魔王は既に空に顕現しています。アリアケ様」

彼らの指摘は間違いではないが、

「もっと柔軟に考えろ、みんな」

「なるほど、そういうことか、アリアケよ！」

「そうだ」

俺は頷く。

「柔軟に……なるほど、そういうことですか」

フェンリルは若干青ざめたように頷き、

「いいから説明しろよ！　仲間外れはよくねーぞ！　おら！」

ビビアは顔を真っ赤にして声を張り上げた。

俺は賢者として答えを与える。

「第四の魔王・枯死世界樹《ユグドラシル》が誕生した。第三の魔王月《イルミナ》と共闘するつもりだろう」

「魔王が共闘!? 卑怯《ひきょう》すぎんだろうが!? っていうか、枯死した世界樹《ユグドラシル》が何をするってんだよ!? しょせん木だろうが!?」

その疑問に対する答えを、俺に代わって冥王ナイアが述べる。

「恐らく、マナの吸収であろう。マナの放出が出来るのならば、当然吸収も出来る」

「は？ それはどういう……」

「じゃーかーらー。この星のマナを全部吸い上げるっちゅーてるのじゃ。現代の魔法使いどもは魔法を使えんようになるし、マナで筋力を強化していた戦士たちも軒並み戦力低下する！ っていうか、ぶっちゃけな、全員使い物にならぬ！ この神代と言うのは『マナ』だより！ すなわち魔力を利用することで戦力を底上げしてきたのだ！ 未来人のそなたらには分からぬだろうが、神代の人間は生身ではレベルが低すぎて、とてもモンスターと戦うどころではないのだ！」

「俺たちはこの神代の人間が1000年間レベルアップした後の姿だからな。たとえ1年で1レベルしかアップしないでも、1％強くなるというのなら、1000年後には……ビビア、何倍の力になるか分かるか？」

「はぁ？ まぁ2倍とかか？」

「2万倍くらいだ」

「……は？」

「2万倍だ。それが俺たち人類のそもそものギフト《才能》なんだよ、ビビア。星神のイシスも言っていただろう？　人間の強さはこのレベルアップにある。そもそも、彼女は1000年後に宇宙癌を倒すことを期待して、眠りについたのだからな」

「興味深い話ではあるが、しかし、この状況は相当なピンチじゃな。マナが急速に減少しておる。なるほど、第四の魔王は良い仕事をしておる。我は元々メッチャ強いから戦えるし、フェンリルも元々アビスから召喚したためマナを自己生成するから問題ない。じゃが」

「34重障壁作戦は無理だな。作戦はA級冒険者クラスの魔法使いの多重障壁による月落下防衛だった。だが、マナがないなら、そもそも俺の支援で増幅することもできない」

「ひいいいいいいいい!?　終わりか!?　終わりなのか!?　人類は滅亡するのかぁ!?」

ビビアの悲鳴が戦場に轟いた。

その絶望の声を聞いた兵士たちも、事態を察してどんどん戦意を落としていく。

俺と言う救世主によって辛うじて持ちこたえていた精神が、ビビアの悲鳴によって一気に打ち破られようとしているのだった。

「滅亡か」

と、そこでナイアが落ち着いた声音で、天空を覆わんとする第三の魔王の光芒《こうぼう》を見上げながら呟く。

「のう、アリアケ。滅亡とは何によってもたらされると思う？」

そう問うてきたのである。


「滅亡の定義か」

ナイアの言葉に俺は脳裏に幾つものパターンを浮かべた。

すると、すぐにビビアが言う。

「はぁ!?　まさに今がそれだろうが!!　魔王が圧倒的な戦力でせめて来て、俺たちは殺されちまうんだ、うわーん！　デリアー！　デリアー！」

「お口にチャックしておけ、まったく」

「ふがー！　ふがー！」

フェンリルに口の中へ襤褸《ぼろ》雑巾のようなものをツッコまれて黙らされたビビアであった。

彼の意見は分かりやすくて、正しいように思えるが、

「それは違うのだぞ、ビビア」

「ふんぎー！　はにはひがふってんだほ！」

何を言っているか一切聞き取れないが、何を言っているのかはよく分かった。

ナイアは独り言のように呟く。

「人を滅亡させるものは、圧倒的な戦力などではない。強大な敵などではないのじゃよ、ビビア。

なぜなら」

ナイアは言葉を続ける。

「最後、人を滅亡させるのは、人自身に他ならないのだからの」

「すみません、私には分かりかねます。どういう意味なのですか？」

フェンリルが素直に聞いた。

分からないのも無理はない。俺は少し補足する。王の話というのは分かりにくいというルールでもあるのだろうか？

「滅亡や全滅と聞けば、それは魔王や邪神などの、人間の及ばない破壊力によって、人間が滅ぼされることをイメージするのが普通だ」

「はい」

「だが、人間を圧倒する敵が幾ら存在したとしても、人間は滅亡などしないんだよ、フェンリル」

「え？」

俺の意外な言葉に、フェンリルは唖然《あぜん》とした。

我の説明の番を取るなとナイアが言いたげな表情をしたので、俺は肩をすくめて言葉を止める。

「人類にはリーダーがいない。もちろん、今ここに、冥王たる我がいるが、もし我がいなくなっても次のリーダーが立ち上がるだろう！　もし、滅亡種人類王国クルーシュチャが亡国の憂き目に遭おうとも、人間はどこかに隠れ住むなりして、決して絶滅などせぬ！　そして、いつかまたその力を取り戻すであろう！」

「なら、この魔王どもとの戦いに負けたって絶滅しないってことかよ!?」

襤褸雑巾を吐き出したビビアが叫んだ。

しかし、

「いや、何を言っとるのじゃ。今回の魔王どもに負ければ人類は滅亡する。それは間違いないぞ？じゃから必死に抵抗しておるのじゃし」

「はぁ!?　今言ったこととちげーだろうが！」

「違わぬぞ。なぜなら……」

ナイアは天を蓋する月を見上げ、笑いつつ、

「この魔王どもは人間を直接倒しに来たことは一度もない。ただ『全てから切り離そうとしている』だけなのだから！」

「全てから……」

「切り離すぅ……？」

フェンリルとビビアが疑問符を浮かべる。

俺は簡単に説明した。

「魔王イヴスティトル。あれはイヴの因子によってモンスターを強化して人々を襲わせた。だが、本来の目的は他にある」

「他に、ですか？」

「ああ。あの魔王の目的は、他種族との交流を断絶することだろう」

「あっ、確かに！」

そう。

友好的だった獣人族やエルフ、他の種族たちの交流は、道中モンスターに襲われることから不可能になっていた。

人間は他種族から切り離され『孤独』になったのだ。そして、

「魔王地母神ナンム。かの神が人類滅亡に寄与した役割とは、人々から神という存在自体を奪うこと。心の支えである信仰と祈りを取り上げることだ」

「し、七面倒なことしやがるっ……！」

「確かにな。だが、見えて来ただろう。魔王の役割が」

「いや全然」「そうですね」

ビビアはちんぷんかんぷんといった表情だが、フェンリルはまさか、といった驚愕の面持ちになった。

ナイアが説明を続けた。

「そして今回の第三の魔王じゃ。月《イルミナ》の落下は、天の喪失である。当たり前にある空がいかに人類の平穏に貢献して来たことか」

「それについては1つ疑問があるが、まぁ後にしよう」

「えー、なんじゃろ。気になるのじゃ、その言い方。賢者の悪い所が出とるな〜」

ナイアはぼやきながら、

「最後に、さっき出て来た、第四の魔王枯死ユグドラシル。人々の魔力の源……というか、そなたらには想像もつかんじゃろうが、この神代においては空気のような存在なのじゃよ。それが奪われることの重大さは、恐らく未来を生きるそなたらには計り知れない喪失感であろうな」

と続けたのだった。

「さて、と言う感じなわけでな。人類滅亡の条件とはなんであるか、割と自明になってきたであろう？」

だが、ナイアの問いに、ビビアは疑った調子で言った。

「今の話を総合すると、『孤独』な状態に追い込まれるってことかぁ!? よわっちーあいつらは、1人じゃ生きていけねーってのかよ!?」

「まさに、その通りよ！　しっかし、よくそんな言い方が出来るの。人の心がないんか、そなた？」

ナイアは呆れた表情を浮かべつつ、

「まぁ、その通りである。滅亡種人類を本当に滅亡させるのは、強大なモンスターや魔王ではないと、こたびの魔王出現によって確信した！」

俺も同意見なので頷く。

「ああ。人が生きて行くための『全環境破壊』。それ自体が目的なんだろう。他種族との交流や見守ってくれる神の存在、青い空と静寂の夜、世界に満ちる生存の源マナ。それらを順番に『破壊』し人類種を『孤独死』させることが魔王に与えられた目標だ」

「お、おい！　っていうことは！」

「おお、ビビアにしては鋭い！　気づいたな！」

「俺にしてはってのが余計だ!!」

ビビアの激高をよそに、ナイアは言う。

「うむ、確かに、魔王イヴスティィトルは打倒した。しかし、既に目的は達せられておるということじゃな。人類種は既に他種族から孤立し、孤独になった。他の魔王とて同じである！　魔王地母神ナンムは自らこの地を去り、人を見捨てた。目的はちゃんと達したことになる！　そして、第三の魔王月が落下することが判明した時点で、もはや人類は安心して空を見上げることは出来ぬ！　空を見上げるたびに以後は絶望が襲うであろう！　そして！　第四の魔王は既にマナをほとんど吸収しておる。目的が達成された今、倒しても意味はあんまりない！」

「じゃ、じゃあ！　なんで俺たちはここにいるんだよ！　月の落下を防ぐのに意味なんてねーならすぐに逃げてっ……！」

「いや、意味はあるさ。それに……希望もある」

俺の言葉にビビアが驚いた表情を浮かべ、フェンリルも顔を上げた。

俺は言う。

「月が堕《お》ちれば人類は滅亡こそしないだろうが、甚大な被害が出ることに違いはない。それを防ぐことは意味のあることさ。第四の魔王枯死ユグドラシルにしても同じことだ。倒してもマナは戻らないだろう。だが、倒さなければ永久にマナは吸収され続ける」

「なんだよそりゃ！　やっぱり意味がねえんじゃっ……」

「いや、それによって大きな成果が得られるんだ」

「へ？」

「アリアケ様。一体それは……」

彼らの問いに、微笑みながら言った。

「魔王の目的はナイアが言った通りかもしれないが、ちょっとな『観念的』すぎると思うんだよな。巨視的すぎるというか……」

「どういう意味ですか？」

つまりな、と俺は続ける。

「魔王の目的は人類生存のための『全環境破壊』。それはまんまと達成されている。だが、同時に魔王は討伐され続けている。それは人類にとって『希望』に他ならないんだ」

「なるほど！　だとすればアリアケ様が！」

「いや、俺と言うか。この勇者パーティーが」

俺が言いかけるが、フェンリルは言う。

「アリアケ様という救世主が、人類存続の希望として、存在する限り、人類は滅びないというわけですね!!」

いや、勇者パーティーの存在が、が正解なんだが……。

しかし、ナイアも口を開き、

「ふうむ、確かにそうじゃな。幾らこうして様々な魔王が放たれ、人類を『孤独』に追い込んだとしても、アリアケという英雄がいる限り、人間は滅びぬし絶望もせぬだろうな」

「冥王ナイア様の存在もそうでしょう。お2人がいれば人類は滅びません」

「おお、そうじゃったな！　我も結構頑張ってる！　ぬわっはっはっは！」

ナイアが自分のことを忘れていたと、呵々大笑した。

と同時に、

「だああああああああああ！　俺のことを忘れんじゃねえええええええ！　俺だ！　このハイパー勇者ビビア様がいなけりゃ魔王討伐はありえねえんだからなぁ！　俺こそが人類の希望！　英雄！　救世主なんだあ！」

ビビアの絶叫が鳴り響いた。

「うむ！　まぁ、そんなことはどうでもいいか。とりあえず今は、上空とか、ちょっとエルフの森とかにいる魔王を討伐することが先決である！」

「そうだな。失敗したら死ぬしな」

「ええ、やりましょう。ナイア様、アリアケ様」

「ひ、ひいいいいいいいい！　そうだった！　は、はやく逃げねえと！　マナがねえから月を迎撃できねえんだった！　し、死にたくねえ！　俺だけでもっ……！」

それぞれが思い思いの言葉を口に出した時であった。

「第三の魔王・月の落下！　早まっています!!」

伝令兵の緊迫した声が荒野に轟いたのである。


「間もなく落下か」

「これは参ったな。降参するしかないか。わははははは！」

「何を落ち着いてやがる！　どうすんだよ！　どうすんだよ！　なんとかしろよ、ひいいいい!!」

「うるさいぞ」

落ち着いて空を見上げる俺とナイアと、焦燥をあらわにするビビア。そしてそれを窘《たしな》めるフェンリル。

とはいえ、ビビアの気持ちも分からないでもなかった。

「そう言ってやるな、フェンリル。俺の立案した完全な作戦が、第四の魔王が突如出現することになり不可能になったんだ。師匠である俺に頼っていたビビアがおののく気持ちも分かるさ」

「さすがアリアケ様は寛容ですね」

彼女の言葉に俺は微笑む。

一方のビビアは顔を赤くしたり、青くしたりしていた。

「アリアケの言葉に興奮したり、魔王の接近に怯えたりと忙しい奴じゃなぁ。ちっとは師匠を見習え。で、アリアケよ」

ナイアがそう言うのと同時に、俺の方を見た。

ああ、分かっているさ、とばかりに頷く。

「無論、誰も乗り切れないこの危機を脱するのも救世主である俺の役割だ」

「ふむ。して、策は？」

「ああ」

この危機を脱する切り札が俺であることを前提にさっさと話は進む。

「34『分割』障壁作戦を提唱したい」

「34重障壁作戦のアレンジか。どのようなものか？」

「ああ。とりあえずその聖剣を俺が装備する」

「はああああああああああああああああああああああああああああああ!?」

ビビアが絶叫した。気持ちは分かる。

「だめだ！　絶対貸さねえ！　これは俺んだ！　俺が選ばれし勇者の証なんだ！」

「スキル《聖剣装備》があるから、装備自体に問題はないんだが……」

「嫌だ嫌だ嫌だぁ！」

「世界の危機なんだがなぁ……」

俺は困る。

「そんなに俺に聖剣を貸すのが嫌なのか？」

「あったりめえだあ！　お前だけには貸さねえ！　お前だけにはぁ!!」

ビビアが再度叫ぶ。フェンリルが、

「ビビア、こんな時に我儘を言っている場合か」

と窘めるが、俺は彼女へ首を横に振って止める。

「無理強いは逆効果だ、フェンリル」

「は、はい。アリアケ様。ですがこのままでは……」

「そうじゃぞ、アリアケ。寛容なのは良いけど、我ら死ぬぞ？」

彼女たちが心配する。

俺は安心するように微笑みながら頷き、

「ああ、だから俺がビビアの身体に《憑依《ひょうい》》スキルで乗り移る。それによって聖剣を使用する！」

「は？」

「それならビビアも文句はないだろう。俺も聖剣を借りなくて済むしな」

「い、嫌だ！　俺はそもそも魔王と戦うこと自体がもう嫌でっ……！」

なぜか走りだそうとするビビアを、

「おっと」

「うおっとっとー」

フェンリルと、ナイアが羽交い締めにするようにして止めた。

よく分からないが好都合だ。あまり離れていてはこのスキルは発動できない。

「ではその身体、借りるぞ！　ビビア！　スキル《憑依》！」

「嫌だあああああああああああああああああ！　ガクガクガクガクガクガクガク!!」

俺がビビアの中に入るのと同時に、激しくビビアの身体が痙攣する。

一方、俺の身体は地面に横たわる。

そして、

「ふぅ、憑依完了だ」

俺はビビアの身体を完全に制御する状態となる。

同時に、最も心配していた点を確認した。

「はっ！」

俺が聖剣を一振りする。

すると、

『キン！』

という不思議な音が響いた。いや、この音は聞いたことがある。

「すごい。それは……空間自体を切り裂いている音です」

「うむ！　さすがビビアではなくアリアケである！　っていうか、今からそなたが『真の勇者』と名乗ると良い」

フェンリルとナイアが驚きの声を上げた。

まぁ、真の勇者うんぬんは置いておいて……。

そう。

これは空間自体を切り裂く音だ。

俺の愛弟子《まなでし》たるラッカライが聖槍《せいそう》ブリューナクで空間を切り裂いた際に耳朶を打つ音と同質のものである。

「本来はここまでの力があるものなのですね」

「聖剣の名に恥じぬ力である。そしてその潜在能力を引き出せるアリアケもさすが真の勇者であるなぁ」

「大げさだな。大したことじゃないさ」

俺は聖剣を鞘に納めながら言う。

そして、空を見上げた。

魔王が迫っている。

「では、作戦の詳細を説明する」

俺の言葉に、彼女たちは頷いた。

ちなみに、

(返せ！　俺の身体を返せ！)

ビビアの意識もちゃんと残っていて、散々身体を返せと中で叫んでいるのだが、緊急事態だ。勘弁してもらうことにしよう。

「作戦の内容はこうだ。まず現状、マナが枯渇した以上、全ての魔法使いは魔法使用が不可能になったと言って良いだろう」

「うむ。その通りである」

ナイアが肯定する。

「ゆえに、月の魔力自体を利用することとしたい」

「えっ!?」

俺の言葉が余りに意外だったのか、フェンリルが驚きの声を上げる。

だが、

「論理的に考えるとそうなるだろう？」

俺はあっさりと告げる。

「アリアケにとっては当然の思考かもしれんが、誰も思いつかんじゃろ？」

「そうか？」

うむうむ、うんうん、とナイアとフェンリルが頷いていた。

だが、このことを思いついたのには訳があるのだ。

「俺は未来で人魔同盟学校の校長をやっているし、魔王とも交流があるからな。だから月については詳しいんだ。元々夜に生きるイルミナ族は、月から魔力の恩恵を受けている。だから、夜の方が活動的になるし、身体能力や魔力も強化されるんだ。だったら、俺たちも疑似的にそれを再現すればいいだけだ。な？　論理的だろう？」

「うーん、そうじゃろうか？　思考の次元がちょっとぶっ飛んでる気がするのじゃがなぁ。落下してきてる星から魔力を直接奪おうと言うのと、イルミナ族の営みを並列に考えるのは普通なんじゃろうか？」

ナイアが珍しく悩んでいるようだが、とりあえず時間がないので続きを話していくことにする。

「まぁ、とにかく月のマナを俺のスキルによって《魔力吸収》し、それを《貯蔵》したうえで《魔力譲渡》する。これによってある程度、魔力を使えるようになるだろう」

「アリアケ様の障壁作戦は実行可能なのですね？」

「いや、そうじゃない」

「そうなのですか？」

　俺は首を横に振りつつ、

「月のマナは、この星《イシス》の魔力とは別種のものだ。それを無理やり使うわけだから出力はイマイチだろう。それに《魔力吸収》をするには当然かなり接近する必要がある。《魔力吸収》《貯蔵》《魔力譲渡》出来るのは時間的に1回が限度だ。つまり使用出来るマナの質と量に問題がある」

「で、そこを何とかするのが救世主兼真の勇者の御業《みわざ》というわけじゃな？」

「というか、ここまでは単なる現状の確認だ。作戦じゃない」

「さすがである。して、作戦とは？　早く聞かせよ。ワクワクしてきたのでな！」

　ああ、と俺は微笑みながら頷き、

「勇者のスキルには、ファイナル・ソードという最終奥義がある。これは剣を自壊させるものの、究極の一撃を放つ禁断のスキルだ。この最終奥義を、聖剣を犠牲にすることで発動させる！」

「おお！！！　なんと、聖剣を迷いなく贄《にえ》にするとは！」

「さすがアリアケ様です。世界の危機を前にして迷いのない即断即決に目を見張るしかありません」

（や、やめろおおおおおおおおおおおおおおおおおおおおおお！）

　俺が憑依したビビアの悲鳴が聞こえてくるが、事態は緊急を要する。

ここは師匠たる俺の権利を行使させてもらうことにしよう。

「すまないな、ビビア。だが」

俺はそう呟きながら、聖剣を改めて鞘から抜く。

キィン……という神秘的な音が響いた。

「作戦を指示する。これが神代を救う究極の一手となる」

その言葉に冥王ナイアをはじめ、周囲の者たちもいつの間にか聞き入っていたようで頷いた。

俺も彼らに頷き返し、言葉を続ける。

「救世主アリアケは聖獣フェンリルに騎乗し、宙《そら》の月へ接近してスキルを発動。君らに魔力を送る」

「「「はっ！　救世主様！　真の勇者様!!」」」

魔法使いの兵士たちが勢いよく返事をした。

いつの間にか呼称に勇者が混じっているが、まぁいい。

俺の作戦を信じてくれたことで、絶望が希望に変わったのだから。

これもまた救世主の大事な仕事の一つだ。

「と、同時に、俺はファイナル・ソードを放つ！　それによって月を34に分割する！　分割した月は順番に落下するように威力を調整するから、君らはこれらを一つ一つ障壁によって順番に防いでほしい。一つ一つならば、君たちの力を集中させれば押し返せる程度の落下エネルギーのはずだ！」

「おお！」「さすがアリアケ様だ！」「救世主様！」「勇者様！」

「すごい、一瞬にして士気が回復した」

「うむ！　さすがアリアケである！　我もなんか仕事せんと、仕事を失ってしまうな！　というか、我が後継はアリアケで良い！　わははははは!!　よし！」

勢いよく笑った後、ナイアは俺の指示を改めて兵士たちへ告げる。

「作戦を開始しよう、冥王ナイア」

「うむ！　救世主の立案せし『34分割障壁作戦』を全軍開始せよ!!」

こうして、今ここに人類滅亡の危機を回避するための俺の作戦が、幕を切って落とされたのである。


「では行くか、フェンリル」

「了解しました、アリアケ様！」

「うむ、任せたぞ！　救世主よ！」

（いやだあああああああああああ！　助けてくれええええええええええええええ!!）

聖獣の姿となったフェンリルに騎乗した俺は、飛行スキルによってたちまちのうちに天を舞った。

一瞬にして味方が見えないほど小さくなると同時に、この星の大気圏に接しようとする月へと肉薄する。

　と、その瞬間、

「フェンリル！　気を付けろ！　攻撃してくるぞ!!」

「まさか!?」

　驚きの声が上がるが、見事に月からの攻撃をかわす。

　それは山ほどもある隕石をこちらへ発射してくるというものだ。当たれば即死だろう。

「魔王だからな。あらゆることは想定しておいたほうがいい、フェンリル」

「は、はい！　アリアケ様!!」

「よし。じゃあ、残りの隕石たちは頼んだぞ」

　見れば先ほどの隕石など霞《かす》むほどの大量の隕石が、月から発射されたのが見える。

「了解です」

（ひいいいいいいい!?　どういう神経してんだ、てめえら!?）

　憑依されたビビアの精神だけが、絶叫しているが、星と戦うともなれば無理もないか。

　とはいえ、ビビアは勇者なのだから、今後は心も指導していかなければならないと、心の片隅にとどめておくこととする。

　だが、今は目の前の魔王イルミナの打倒が先決だ。

「わおおおおおおおおおおおおおおおおおおおおおおおおおおおおおおおおおおおおおおん！」

フェンリルは咆哮するのと同時に、口から魔力を放射する。

その熱線はこちらを狙う隕石たちを次々に破壊しつくした。破砕された欠片《かけら》たちが大地へと落下していく。

「小さいとは言え、彼らは大丈夫でしょうか？」

フェンリルは心配の声を上げるが、俺は微笑み、

「あれくらいはナイアが何とかするさ。仲間を信じろ、フェンリル。俺たちは、俺たちの役割を果たすぞ」

「はい！」

良い返事だ。

そう。俺は英雄かもしれないが、全てを救うような万能の英雄ではない。

その代わり、信頼できる仲間や俺を慕ってついてきてくれるこの世界の人々が俺に力を貸してくれる。

それこそが本当の力というものなのだ。

それを知っているか、知らないかが、本当の英雄かどうかを分ける違いなのだろう。

さて、

「行くぞ！　フェンリル！　ファイナル・ソード発動！　月を！」

俺は聖剣ラングリスを振りかぶりながら、魔王イルミナへと宣告した。

「お前を星屑《イミセリノス》へ34分割する！　許せ、月《イルミナ》よ！」

俺は星を殺《あや》めることを詫びるとともに、容赦なく聖剣を振るう。

聖なる光が集まると同時に、莫大なエネルギーが放出された。

それは俺がイメージした通り月を両断し、裁断《スライス》し、破壊する!!

月に包含された膨大なマナもはじけるように爆散した!!

さすがのフェンリルもその衝撃に吹き飛ばされかけ、俺も衝撃で全ての五感を一瞬失う。

だが、すべきことを忘れることは大賢者たる俺にはありえない。

「《魔力吸収》《貯蔵》《魔力譲渡》!!」

月のマナを奪い、地上の皆へと送った。

「よし、作戦通りだ。頼むぞ、みんな！　俺もすぐに戻る！」

月の分割という最大の難関を突破した俺は、すぐに頭を切り替え、地上を目指すようフェンリルへ指示したのだった。

～ナイア視点～

「救世主様から魔力が送られてきたぞ！」

「ああ！　力がみなぎるようだ！」

「さすが真の勇者様だな!!　こ、これなら月を防ぐことだって出来る!!」

兵士たちの驚愕と喜びの声が響いた。

「うむ！　それに奴ときたら当たり前のように《魔力アップ》《攻撃力アップ》などの超強力なスキルを重ね掛けしてくれておる！　これならば34分割された月を障壁魔法によって弾くことが出来ようぞ!!」

ようぞ!!」

我も確信をもって言う。

兵士たちの言う通り、その力は膨大なものであった。

あやつはこのような絶体絶命の場面にもかかわらず、余裕を持たせるほどの状況を作り出していたのである。

まったくどれだけ規格外なのだろうか、あの救世主は！

「よし、行くぞ！」

「「「「おう!!」」」」

集められた魔法使いたちは一気に詠唱を開始した。

『多重障壁展開!!』

ゴオオオオオオオオオオオオオオオオオオオオオン……！

34の障壁魔法が一斉に展開され、分割された月の欠片の落下を見事受け止めることに成功する！！！

「す、すごいっ……！　これがアリアケ様の力か！」

「ああ！　まったく何を恐れていたのだか！」

「さすが救世主様だ!!」

兵士たちの歓声が上がった。障壁に阻まれた月は押し戻され、再度宙《そら》へと押し戻されて行く！

「おお！　月が！　俺たちが月を押し戻すことが出来るなんて！」

「アリアケ様万歳！」

「救世主様万歳！」

「大賢者様万歳！」

「真の勇者様万歳!!」

地上に救世主《アリアケ》への賞賛と歓喜の声が湧き上がったのであった。

まったく、さすがアリアケと言わざるを得ぬな！

が、ここで1つだけありえない出来事が発生した！

兵士たちが４つ目の月の欠片を、アリアケによる加護《かご》により押し戻すことに成功していた時である！

「おい！　おかしいぞ！　押し戻したはずの1番目の月がっ……！」

「えっ!?」

「戻ってきているだと!?」

混乱するのも無理からぬことであろう。

防いだはずの月の破片の落下。宇宙へと押し戻したはずの月が舞い戻って来たのだ！

だが、あやつの凄さはまさにそこにある。

その舞い戻りし月すらも押し戻すほどの魔力と加護を兵士たちには与えていたのだから！

ゆえに、

「落ち着け！　落ち着いて対応すれば、再度押し戻せよう！」

我は兵士たちに叫ぶ。

だが、もう一つだけ誤算があったのだ。

それは……、

「しかし、俺たちだけで大丈夫なのか？」

「だ、大丈夫だろう。これだけの力があるんだ！」

「そ、そうだな。だが、やはりアリアケ様が傍にいてくださるのと、そうでないのとでは、その、
あれだな。気分が違うな」

「う、ま、まぁな」

兵士たちは少しだけ不安に感じ始めていたのである。

我はあくまで王であり、将軍ではない。前線に立つことも出来るが、それはあくまで王としてである。

アリアケは戦士であり、救世主。

そのことは決定的な誤算を生み出す。

それこそが、アリアケの弱点と言って良い箇所そのもの。

そして、ナイアもフェンリルも言っていたことであった。

それは、

『アリアケは自分の存在を過小評価しすぎている』

そう。

アリアケがいるからこそ、月の落下を防ぐなどという普通不可能と思えることを、A級とはいえ、一般の兵士たちも可能だと思えていたのである。

だからこそ、当初の作戦で、アリアケが自分たちの一番後ろで全てをバックアップしてくれるという作戦を聞いた時、兵士たちは絶対成功するという確信と安堵《あんど》を得ていたのだ。

月が落下しようが何があろうが、救世主アリアケが何とかしてくれるだろうという無条件の信頼があったればこそであった。

だが、第四の魔王枯死ユグドラシルの出現によって、作戦は急遽《きゅうきょ》変更された。

一瞬にして作戦をアレンジし、この局面を打破する計画を実行に移したアリアケの力はもはや神のごとくである！

だが、あやつは1つだけ重要なことを忘れていたのだ！

それは、アリアケが兵士たちと共にいないこと！

英雄が一緒に戦うということが、どれだけ兵士たちの心の支えになっていたか、あやつは自分の能力とカリスマに無頓着であり、そして、それゆえに兵士たちが彼に全幅の信頼を抱き、恐怖を克服しているという事実に気づいていなかったのである。

自分の影響力が余りに甚大であることを察しえないのが、アリアケの唯一の欠点であった。

そして、それはこの局面においては致命的な隙を生む！

いかに膨大な魔力とスキルによる支援があっても、士気の低い兵士は戦えないのだ！

34『分割』障壁作戦は兵士たち全員の障壁魔法の発動が条件。そして、魔法の発動の可否は精神の状態に大きく依存するものであった。

ゆえに、1人でも恐怖にのまれてはいけなかったのだ。

しかし、

「はねかえした月を何度も俺たちが止めるなんて……」

「お、おい。何を弱気になってる」

「だが、確かに……。本当にもう一度止められるのか……。それにあと何十という月が続けて降って来るんだぞ!?」

兵士たちは堕ちる星屑《イミセリノス》の前に恐慌をきたそうとしていたのである。当初の作戦通りで、アリアケさえいればこのようなことは起こらなかったであろう。

が、今ここに救世主はいない。

あやつが自分の偉大さに無自覚なことが、まさか致命的な危機を招くとは、さすがに予想できない事態であったろう。

そんな、意外な危機に陥っていた人類たちに対し、

「あれ～、なんだか急いで来てみたら、なんですか、ここ？　雨の代わりに星が降って来るんですか？　やっぱり物騒な時代ですね～」

そんな場違いな声が響いたのであった。

7、愛のパワーです！

「あれ〜、なんだか急いで来てみたら、なんですか、ここ？　雨の代わりに星が降って来るんですか？　やっぱり物騒な時代ですね〜」

そんな場違いな声が響いたのであった。

そして、

「ですが、まぁ降りかかる火の粉……ではなく星は払わねばなりませんね。はい、大結界〜!!」

『ドオオオオオオオオオオオオオオオオオオオオオオオオオオオオオオオンンンンン！』

再度落下してきた1番目の月が、驚くほどの高出力の結界魔法によって、その落下が停止させられたうえに、はじき返されたのであった。これならばもはや戻って来ることはあるまい！

そう。

突如現れた美少女1人に！

「おお……す、すごい！」

「1人で月の欠片を!?」

兵士たちは驚愕するとともに賞賛する。

だが、その言葉に、その女は不満そうに口をとがらせて、

「いいえ！　これは私1人の力ではありません！」

と高らかに宣言したのであった。

「そ、そうなのですか？」

兵士は戸惑いながら聞く。

それに対して美女は、よくぞ聞いてくれました！　とばかりにフンスと頷いた後、うっとりとした表情で、

「愛のパワーです」

「……」

「私と彼との愛のパワーです」

「……か、彼？」

兵士が首を傾げる。

実は我も首を傾げた。うーん、だがこやつどこかで見覚えがあるのじゃがな〜。うーん、誰じゃったかなー、うーん、うーん……、あっ。

「アリシア・ルンデブルクではないか！　アリアケの妻の！」

「おおっと!?　そこの真っ赤なお嬢さんは私のことを知っているのですね!?　なにゆえ？」

「そーんなことはどうでも良い！　どうしてアリアケの嫁がいるのじゃ!?」

その我の当然の問いに、アリシアはうっとりとした表情をして、

「愛のパワーです！」

「それはもう良いわ！」

「えー、でも本当なんですよー。うへへー」

彼女は惚気るような仕草で言った。

「私と彼の絆は時空とか時を超えちゃいますからね～。自動的に私にバフがかかったりもするんですよ～。《唯一の絆《結婚》》っていうスキルがありまして。これって夫婦じゃないとかけられないスキルなんですよ、きゃっ♪　お互い大体の居場所が分かったりもするんです。いやー、照れますね～！

はーい、大結界～」

『ドゴオオオオオオオオオオオオオオオオオオオオオオオオオオオオ！』

「月を破壊するのか惚気るのかどっちかにせよ！　情報量が多すぎて頭がグワングワンになるわ！」

3つ目の月の欠片を1人で余裕で押し返しながら、惚気るアリシアにはツッコミしかない！

が！　だいたいは理解はした！　さすが我！

要するにアリアケがこの神代に呼ばれた時に、スキルの効力によって同時に彼女も呼ばれたということであろう。多分スキルの効力に両者が離れ離れにならないようにするといった、ロマンティ

ック要素があるのだ。

なんという頭の悪いスキル!!

時空をまじで超えてこなくてもいいのでは!?

だがまぁ、ともかくそのスキルのおかげで彼女は呼ばれたのだ。

あ、愛のパワー……。

ううむ、認めたくない率100%であるが、嘘とまでは言えぬ!

嫌だけど認めざるを得ない!!

「すごい！　俺たちも負けてられん！　行くぞ！」

「おう！」

兵士たちの士気も上がっておる。いいことずくめである。

まぁ、確かに愛は星を救うから、これで良いのか?

人間らしいっちゃ、らしいのかのう?

と、そんな感じで無理やり自分を納得させていた時であった。

「なんの！　旦那様を愛する気持ちなら儂も負けておらんのじゃ！　というか、そろそろ少し報われても良くない？」

「あ、あのボクもですね！　あの……その、お姉様がたと同じくらいの気持ちがあります！」

「私は漁夫の利を狙っていますので宜しくお願いします。こうして事前に宣言しているので泥棒猫のそしりを受けることはないと確信しています」

またしても3人の者たちが、月落下地点《イルミナ》へと駆けつけたのである。

ええい、これ以上頭を痛くさせるのではないわ！

我ったら思わず大鎌を振り回しちゃうのであった。

「アリシアについては、《唯一の絆《結婚》》とか言うスキルでバフ盛り盛りなのは分かったけど、そなたらは違うんであろう？（この時点で）重婚しておるとは聞いておらぬ。ゆえに、アリアケへの『愛のパワー！』とかいうでたらめバフを得てはいないそなたらでは、月を押し戻す力はないのではないか？」

我は突然現れた3人の美少女たちに聞く。

だが、

「にゃははははは！　儂と旦那様の縁はそんな形式に縛られたものではないので大丈夫なのじゃ！

何せ我が旦那様は唯一の乗り手！　乗り手を得たゲシュペント・ドラゴンとして儂は既に覚醒済みである！　愛以上の絆と言っても差し支えない、と自分の中では議論の余地なしとなっておるのじゃ！　にゃーはっはっはっはぁ！」

彼女はそう反論を言いながらも、黄金の竜へと変貌してゆく。

そして、

「焔よ立て《ラス・ヒューリ》！　旦那様の愛を一身に受けしこの儂が一番役に立ってみせようぞ！　そして後でナデナデのご褒美をもらうのじゃ！　うむ、完璧なのじゃー!!」

伝説級の攻撃と極大の悋気を一気に解放した！

それと同時に、魔法使いたちが一旦押し戻した月の欠片が更に粉々に砕け散る。

とんでない破壊力である！

アリアケへの愛のパワーって半端ない！

そう思っておった時であった。

「あ、ボクは別に一番でなくても大丈夫なので。お姉様たちを出し抜こうなんて考えてません。でも、やっぱり先生の愛は深く広いですから、独占すべきものじゃないと思うんですよね。きっと姉妹で分かち合えますよ、うふふ♪」

ボーイッシュであるが、よく見ればその美しい容貌や端整な顔立ち。上品な仕草が目に留まる黒髪美少女が、聖槍を構えて、落下してくる月たちに対峙している。

何気にとんでもないことを言っておる気がしたが、次の瞬間にはそんなことは忘却の彼方へ飛んで行く。

「あの辺から、あの辺りまで……」

彼女は指でツーッと宙をなぞる。何をしておるのかと思って見ておれば、

「『次元切断・第2階層』まで」

その声を聞いた兵士たちは意味が分からなかったであろう。また上空で起こった現象にも理解が及ばなかったはずだ。

彼女の聖槍ブリューナクが鳴動しはじめたかと思うやいなや、槍《やり》を水平に振るった。

そこには落下する月たちが蠢いていた箇所である。

それらが、

『ベロリ』

と、まるで皮膚を切った時に皮がめくれるように、空間が切断されたのである。

と、同時に空間ごと切断された月たちは、次々に爆発四散する。

魔法使いたちはその破片を防ぐだけで良くなる。34分割された月1個を受けるよりも格段にたやすい仕事だ！

「凄まじいのである。これが聖槍のちか……」

「はい！　先生への信頼と愛の力です!!」

「ええー……。いやー、百歩譲ってさっきのドラゴン娘はそうかもしれんけど……」

「先生のお役に立てると思うと次元を切断できる気持ちが湧いて来るんです！」

「うーん、それを聞くと一番狂愛っぽいな。冥王なのにちょっと怖くなったわ」

そして、最後の一人。

「ローレライ・カナリアです。私には大した力はありませんが、皆さんを回復させることくらいは出来ます！　さあ、皆さん立ち上がりましょう！　私のような少女でも、アリアケ様の期待に応えるべく頑張っています！　本当の救世主様と戦える栄誉を自ら捨てて、本当の戦士と言えるでしょうか！　いや、言えない！　さあ、今こそ決戦の時！　この星を救うのです！」

そう言って、全体への回復魔法をかけおった。

マナがほぼ枯渇している中で魔法を使用していることも凄いのであるが、恐ろしいのは彼女の演説である。

年端の行かぬ少女すらも戦っている。

なおかつ、英雄と戦える栄誉。

そして、星を救い、魔王と戦うという大義。

戦士たちの心をこれほど揺さぶる言葉があろうか。

案の定、弱気になりつつあった魔法使いたちの瞳には力が宿る。

「そ、そうだった。俺たちは星を救う最後の希望なんだ」

「それにアリアケ様がついていてくださる」

「しかもアリアケ様を愛する女性たち？　なのか？　よく分からんが、そんな凄い人たちまで助っ人に来てくれた！　こんな少女まで戦おうとしている！」

「ああ、アリアケ様の期待に応えるんだ！　情けないところは見せられないぞ！」

「「「おう！！！　アリアケ様の加護ぞある!!」」」

彼らはそう叫ぶと、アリアケより譲渡されてきた魔力を最大限に活用して、再び落下する月から星の防衛を始めたのである。

と、ちらりと彼らを奮起させたローレライという少女の方を見れば、

「ふふふ、これでアリアケ様に褒めてもらえますね。リズレットお母様ゆずりの人心掌握と操作を使うのはイヤ極まりますが……。アリアケ様のためですしね。それに計画のためにはいい所を見せておかないと、ふふふ」

「腹黒さが隠しきれてないなー、この小娘」

「おおっと、はわわ。何のことですかー？」

少女らしい天真爛漫《らんまん》な表情に変わるが、もう遅い。

とはいえ、

「いい感じである。これは何とかなりそうであるな。うーんそれにしても」

我は感慨深げに呟いた。

「アリアケよ……そなたそのうち刺されるぞ？」

そんなこんなで月防衛戦は、最終局面を迎えようとしていたのであった。

～アリアケ視点～

「なんで俺が刺されないといけないんだ？」

「おお！　戻ったかアリアケ!!　って、その恰好は？」

「ああ、もう聖剣を使用する必要はないから、憑依は解いている。ビビアはなぜかアーアー言うばかりで使い物にならないので、そこに置いておいた。それより……」

俺は戻って来てみて驚いた。

アリシアやコレット、そしてラッカライにローレライといった、賢者パーティーの女性たちが大集合していたからだ。

どうやってこんな神代まで追いかけて来られたんだ？

「愛のパワーです!!」

「それはもういいのである！　《結婚》というスキルによって2人は分かちがたい縁を結んでおるから、時空転移した際に引っ張られたらしいぞ?」

「愛ってすごいですね！　アリアケさん、分かりますか？　伝わってますか？　2人の愛は時空を超えて今ここに奇跡の邂逅《かいこう》を果たしたんですよ！　いやー、感動的ですねー!!」

「愛のゴリ押しはやめんかい」

ナイアが辟易とした表情で言った。

だが、

「なんの！　儂なんて結婚予定ゴニョゴニョ……なだけなのに、こうして神代までやってこられたし！　これこそまさに奇跡と言っても過言ではないと思うのじゃ！」

「ボクもそうです！　突然大地が揺れたと思ったら、この時代に飛ばされて……。これも、し、し、し、師弟を超えた何か特別な絆だと思います！　ええ、異論は認めません」

「私もです。これは将来、習合したブリギッテ・ワイズ教を2人で盛り立てるよう神様がお導きになっているとしか思えません」

他の女性たちも口々に言った。

「まぁ、ぶっちゃけ異変が起こったので大結界で空間を保護したら、丸ごと転移しただけなんですけどね。偶然、女子会をしていたので、このメンバーになったのです」

「なんの女子会だったんだ」

「自分の胸に手を当てて聞いてみてくださいねー、私の旦那様〜？」

何か鬼気迫るような、自分に圧倒的に不利な気配を感じたので、俺は話題を変えた。

というか、本題に戻ることにする。

まぁ、要するに、

「俺のために助けに来てくれたということだろう。ありがとう、みんな」

そのなんの衒《てら》いもない俺の言葉に、彼女たちは一斉に赤面したり、笑顔になると、

「かー、この朴念仁は～。ええ、ええ、その通りですよ！」

「うむ！　旦那様のためならたとえ神代であろうとアビスであろうと駆けつけるのじゃ！」

「ボクの槍を捧《ささ》げた御方ですから当然です」

「こんなか弱い私でも駆けつけた点をご評価ください」

ならば、と俺は天空を仰ぐ。

それは彼女たちも同じだ。

そして、他の魔法使いの兵士たちも。

俺が騎乗するフェンリル、冥王ナイアも天空を見上げた。

残る月の欠片はまだ20以上ある。

しかし、

「アー君。では支援を頂けますか？」

アリシアが言った。

「星を救うスキルを、私たちへ使用してください」

「ああ」

俺は杖を振るいながら、

「もちろんだ」

英雄として仕事の仕上げに取り掛かる。
「スキル多重展開」
俺は第三の魔王に微笑みかけながら告げるのだった。
「さらばだ、月《イルミナ》」
《魔力攻撃アップ》付与
《攻撃力アップ》付与
《クリティカルアップ率》付与
《クリティカル威力アップ》付与
《時間経過による魔力・体力回復》付与
《攻撃時体力回復》付与

《俊敏》付与

俺の使用した人では到底不可能といわれる多重スキルによって、甚大なる加護と支援を受けた戦士たちは、本来の力の1000倍以上の力を発揮する。

そして、10時間にわたる戦闘の末……。

『ドオオオオオオオオオオオオオオオオオオン!!』

見事、最後の魔王月《イルミナ》の欠片を、跡形もなく粉砕したのであった。

「ほ、本当にやったのか!?」

最初は信じられない様子であったが、それ以上月の落下が無いと確信するやいなや、戦場は歓喜の声に包まれた。

と、同時に。

「さすがアリアケ様だ!」

「ああ、我らが救世主様!」

「アリアケ様しかこの神代を救える方はいない!」

そんな声があちこちから聞こえてくるのだった。

だが、

「ははは、そんなことはない。勘違いするな、みんな」

俺は全員に、

「皆の力があってこその勝利だ。全員で今回の勝利をもぎとったんだ。俺だけの力ではないさ」

と告げたのだった。

ただ、俺への賞賛の声は鳴り響き続ける。

それは無理もないことだった。

俺と言う英雄とともに戦い、勝利を得たということは、それだけで生まれて来た理由や誇りにもなろう。

ナイアもこの勝利に微笑んでいた。

ただ、俺はそんな光景を見ながら……。


賢者パーティーとの久々の再会ということで、

「積もる話もあろう！　我は外すのでゆっくりとするが良い救世の英雄よ、ぬわっはっはっは！」

「私も外します。未来ではどうか知りませんが、今は顔見知りではないので」

「分かった」

俺はそう言いながら、ファイナル・ソードによって聖剣を失い、全魔力を使い切って心身ともにズタボロになったビビアを担ぐ。

そして、アリシアたちの元へと歩み寄った。

「こんな時代で会うなんて奇遇だな。どうしたんだ?」

「第一声がそれですか!?　愛する妻に対して!?」

「ははは。冗談だ冗談」

「分かりにくいんですよね〜、アー君の冗談は。それよりも、はい」

そう言って、腕を広げる。

「えーっと、なんだ?」

「何って、ハグじゃないですか。帰ってきたらする約束にしているじゃないですか。何日お預けになってると思っているんですか〜?　んん〜」

ニヤニヤとしながらアリシアは言う。

「ああ、そうだったな」

ぎゅーっと抱きしめた。彼女と触れあっていると安心するなぁ、などと思いながら。

しかし、

「きゃー!?　冗談ですよ!?　家に帰ってきたら、っていう約束でしょうに!!　こーんな公衆の面前で大聖女が夫にハグ求めたらさすがに破門になっちゃいますよ!!」

ジタバタとしながら赤面するアリシアであった。

冗談だったのか。

「確かに、こんなところでするのは俺としても気恥ずかしいと思った。だが朴念仁と言われないように頑張ってみたのだが……」

「いやぁ、その努力はねー、嬉しいんですけどねー。まぁいいです。その調子で精進してください。それに別にイヤじゃなかったので、そのあたりは誤解なきように！」

そう早口で言うのであった。

なお、

「おお、これがバカップルというものなのじゃな。なんだか凄い！　凄いとしか言いようがない！魔王より脅威を感じたのじゃっ……！」

「うわー、うわー。羨ましい……。ボク《私》もやってほしい……」

「結構普通に抱っこをねだったらしてくれる可能性が少しありそうですね。将来の作戦に使えそうです、メモメモ」

他の女性たちも同じく赤面しつつ、よく分からないことを口走っていたのだった。

まぁ、ともかく。

「いやー、旦那様と再会できて嬉しいのじゃ！　やっとのびのびブレスを吐ける気がするのじゃ！」

「はい、ボクも先生に再会出来て本当に嬉しいです」

「本当です。とりあえず窮地を脱して環境を整えないと、2人きりになる作戦を立てても実行できませんからね」

ああ、本当に、

「俺もみんなにあえて嬉しいよ」

俺のそんな心からの言葉に、少女たちも嬉しそうに微笑み返してくれるのだった。


さて、再会を喜んだ俺たちは幌《ほろ》馬車に移動すると、枯死ユグドラシルの元へと向かう。

どうやら、マナを吸収する以上の行動は取らないようであるが、いちおう魔王なので討伐はしておくべきだろうという判断だ。

「それで、何が起こっているのですかね？　魔王《ボ》さんたち《ス》ラッシュが起こっていて、それをアー君が倒しているという理解で良いのでしょうか」

「それにしても変な魔王どもじゃなー。儂らの知っとる魔王といったら、あの魔王リスキス・エルゲージメントじゃからなあ。それに比べて、けったいな魔王ばっかりなのじゃ！」

「そうですね、お姉様。第一の魔王はまだ良いとして、第二の魔王が地母神様。第三の魔王は月で、第四の魔王は世界樹ユグドラシルです」

「そうですよね。何て言うか『誰でも良い』どころか『何でも良い』みたいにすら思えちゃいます」

少女たちの言葉に俺は満足して頷く。

「いきなり神代に飛ばされて、断片的な情報からだけでよくそこまで理解できたな。さすが俺のパーティーメンバーたちだ」

「にゃははは！　褒められたのじゃ！　久しぶりで嬉しいのじゃ！　のうラッカライ」

「はい！　コレットお姉様！」

「良い線いってましたか、アリアケ様？」

嬉しそうなローレライの言葉に俺は微笑む。

「ああ。みんなが感じた違和感は、ほとんど答えそのものだ」

「というか、あれですよね～。勇者・魔王の存在自体がまだないはずですもんね。死を謳う宇宙癌《シングレッタ・ステラ・キャンサー》『ニクス・タルタロス』。あの偽神が世界のマナを急速に回復させるために仕組んだのがそれなわけですし。ん～？　だとすると、マナが十分に世界に残っている理由は何なんでしょうか？　そして、出現している魔王の目的はなんなんでしょうか？　今はユグドラシルにかなり吸収されたとはいえ、マナが十分あったのだから魔王の存在は不要ですよね？」

アリシアの言葉に俺は頷いた。

その疑問こそ、真実に最も近い場所にあると思いながら。

「ああ、そうだ。本来魔王はまだ存在しないはずだし、必要もない。そして、実を言えば多分あれらは魔王ではない」

「えっ!?　そうなんですか、先生!?」

　ラッカライが目を丸くした。

「どちらかと言えば、邪神かな?」

「邪神とな!?」

　くわっ!　とコレットが良い反応をする。

「そうだ。ニクスと一緒だな。まぁあれは偽神なわけだが、あいつよりかは邪神に近いと思うぞ」

「えーっと、すみません、頭がついて行きません、アリアケ様」

「おっと、すまん、すまん。話すのが楽しくてな」

「そ、そんな照れてますね」

　ローレライが赤面する。

　が、

「みんなで話すのが楽しいという意味だからねー、ローレライちゃん?」

「わ、分かっています、アリシア様。はわわー」

　よく分からない『圧』がただよった。

　スルーした方が良いような気がして話を先に進める。

「第二の魔王は地母神を人間に敵対させようとしたものだった。つまり『邪神』だ」

「確かにそうですねえ」

「第三の魔王は月《イルミナ》だったわけだが、信仰の対象でもある。これも神と言って差し支えない存在だ。

それが堕ちる。すなわち邪神だ」

「なるほどなのじゃ！」

「第四の魔王はユグドラシル。言わずと知れた生命の樹《マナき》と言われ、世界の人々から信仰を集める神とも言える存在。これがマナをすいつくす敵となれば、邪神と言わずしてなんと言うだろうか」

「確かに。しかし、第一の魔王はどうなんでしょうか？　イヴスティトルでしたでしょうか？」

「ローレライの疑問はもっともだな。だが、あれも調べてみたところ、元々は神だったようだ。信仰はされていなかったようだがな。だから利用されただけだろう」

「なるほど、よく分かりました。さすが先生です！　でも、魔王と邪神であることに違いはあるのでしょうか？」

ラッカライが疑問を述べる。

分からないことを素直に聞ける良い生徒である。俺は彼女の頭を撫でた。こうやって褒めると笑顔になるのでよく撫でるようにしているのだ。

「今回の世界の危機には大きなきっかけがあった。それを隠蔽するためには『魔王』と命名しておいた方が隠しやすいと判断したんだろう。まぁ、俺には無意味だったが」

「？」

よく分からない、といった表情をみんながした。

「もっと分かりやすくお願いするのじゃ！　旦那様！」

俺は微笑みながら、その真意を語る。

「今回の世界の危機は、まず、偽の『邪神』ニクスが大陸を崩壊させたことに端を発するだろう？」

「あっ！　確かにそうなのじゃ！」

そう。

魔王と称されるとあのニクスが数から除外される。

しかし、

「そもそもどうしてイヴスティトルが第一の魔王なのか？　第二の魔王とは誰が言い出したのか？　第三、第四の魔王は誰が決めているのか」

そして、

「第一の魔王と誤認させようとしたのは誰なのか？」

何よりも、

「『魔王』という言葉を生み出したのが誰なのか」

その存在こそが、

「俺たちをこの神代へと呼び寄せ、そして、魔王たちを討伐させた存在。あるいは真の……」

そう俺が言いかけた時であった。

「伏せろ！」

『ズパンッ!!』

鈍い音とともに、幌馬車の上半分が吹き飛んだ。

無論、俺の掛け声にすぐに反応したみんなは無事だ。

ビビアも死に体で寝そべっていたおかげで、身体を真っ二つにされることはなかった。

「ひ、ひいいいいいいいいいいいいいいいいいいいいいいい!?」

ただ、死にかかったことに気づいて、絶叫を上げることは忘れなかったようだが。

とりあえず正気付いて良かった。

さて。

戦友の復帰は嬉しいことだが。

それはそれとして、俺は目の前の存在に注意を払う方が先決だと判断する。

この現象を引き起こした相手は微笑んでいる。

俺も同様に微笑んでいた。

俺の方が車上にいる関係で、目の前の紅の少女を見下ろすことになる。

紅の少女は言った。

「不敬であるぞ、アリアケ。冥王の御前だというのに、上から目線とは」

「別にそう言うわけじゃない。それに俺はお前の部下ではないだろう？」

「うむ。対等であるな。では、よっこらせっと」

彼女はそう言いながら、自身で斬り飛ばした幌の部分から乗り込んで来た。

「楽しそうな話をしているのでな。我も交ぜよ、アリアケ」

冥府の王はそう言って、心底楽しそうに笑ったのであった。


少女たちは警戒するように、俺の後ろに陣取るが、俺は手を出さないように制した。

「話の腰を馬車ごと折られた気分だが、まぁいいか」

俺はやれやれと嘆息しつつ続きを語った。

「まぁ、別に特段すごい話じゃない。単にこの魔王たちは仕組まれた存在というだけだ。そして、その目的は人類を滅亡させるためではない」

「えええええええええ!?」

「そ、そうなのじゃ？」

「そ、それって大前提がひっくり返ってませんか、先生!?」

「アリアケ様。お願いですから、アリアケ様が当たり前と思うことを、当たり前だと思わないようにしてください」

なぜか集中砲火を浴びた。

なぜだ？

「ふふ、では何が目的と考える、大賢者よ。いや、未来の星の女神の代理人アリアケ・ミハマよ」

一方のナイアは不気味に。

しかしどこか嬉しそうに笑った。

俺は頷きながら、

「そうだな。スカウトじゃないのか？」

「は？」

「ほえ？」

「ええ!?」

「スカウトって？　誰をですか？」

少女たちの口から次々と疑問符が漏れる。

まぁ、そうだろうな。

ここまで看破できる人間がいるわけない。

だが、大賢者と呼ばれる俺が分からない道理もまたない。

ローレライの質問に答えるとしようか。

「誰を、か。その意味においては誰でもない。全員だよ」

「「「はい？」」」

ますます混乱する少女たちに、俺は告げた。

「人類をスカウトしに来たんじゃないのかな。この目の前の『真の邪神ナイア』は」

その言葉に、

「「「「邪神!?」」」」

少女たちのみならず、ビビアの絶叫も鳴り響いたのだった。

「くぅうううううううううううううううううう」

ナイアが俺の答えを聞いて、興奮したように震え出した。

どうしたんだ?

「さっっっっっすが我が見込んだだけの男である！　部下に欲しい！　ああ、欲しい。人類も良いが、そなたが欲しい！」

「残念ながら既婚者なのでな」

「永遠の命とかいらぬのか!?　世界の半分とかはどうか!!」

「いらない」

「くあああああああああ！　こーんなに求愛しているというのに！　この邪神ナイアを袖にするとは!!」

「で、正解でいいのか、ナイア?」

俺の言葉に、彼女は満足げに、そして破格の邪気を放ちながら頷いた。

「うむ!!　よくぞ、その答えにたどり着いた。アリアケ・ミハマよ！　ちなみに、どこらへんで気づいておった？」

「最初から怪しいとは思っていた。違和感がたくさんあったからな。例えば……」

俺は思い出しながら言う。

「星見が俺たちの出現を予言していた。だがその星見たちはどこにいる？　一度もその姿を見ることはなかった。それにお前はアリシアの顔をなぜか知っていたな？　俺の時は旅人が来るという予言だったと言っていた。なら星見たちが顔まで伝えていたわけではないはずだ」

何よりも、

「お前自身も言っていた通り、魔王の目的は『人類の孤立』だった。人類を『孤独死』させるための『全環境破壊』。それこそが魔王の行動原理だったが、余りにも、その目的はさすがに特異すぎる。俺の知っている魔王とは全くもって別物だ。ならば必ず黒幕が存在するはずだった」

「ふーむ。だが、それだけで我が黒幕と言えぬであろう？」

「お前は第一の魔王を宇宙癌ニクスとは決して言わなかった。それがずっと引っかかっていた」

「ほう」

彼女が嬉しそうな、満足そうな顔をした。

「宇宙癌ニクス・タルタロスは大地の半分を削るという途方もない『環境破壊』を成し遂げている。これを魔王に据えない理由は皆無だ。とすれば、ニクスを魔王と呼ばない理由があったと思わざるを得ない」

「くぅぅぅぅ!!　さすが大賢者であるな！」

「えっと、アー君。その理由って一体……」

アリシアがゴクリと喉を鳴らした。

うん、と俺は頷きつつ、

「多分、数が合わないようにしていたんだと思う」

「か、数ですか？」

「ああ、そうだ」

俺は続きを話す。

「ナイアは7体の魔王を出現させたかったんだろう。最初出会った時も、現れる旅人は7人だと言っていたが、あれは魔王の数のことだろう。この邪神は上位存在ゆえに情報の管理が甘い。まぁともかく、この7という数字は人類にとって特別な数字だ。七つの大罪という言葉があるだろう？傲慢、強欲、嫉妬、憤怒、色欲、暴食、怠惰。無論、歓迎される概念ではない。だが、それらがあるからこそ人類とも言える。魔王たちはそれらの人類の存在理由を消去する存在でもあった」

「確かに7と言う数字には呪術的な意味合いがあります。何か大きな魔術的事業や、神秘を成し遂げるならば、数合わせはとても大事ですから」

「イヴスティトルは傲慢、地母神ナンムは憤怒、月は嫉妬、枯死ユグドラシルは強欲を司ると解釈出来る。そして、本当の第一の魔王ニクス・タルタロスは暴食となる」

「あれ？　でもそれだとおかしいのじゃ、旦那様。それなら……」

　ああ、と俺は頷く。

「第一の魔王宇宙癌ニクス・タルタロス、第二の魔王イヴスティトル、第三の魔王地母神ナンム、第四の魔王月《イルミナ》、第五の魔王枯死ユグドラシル。では第六と第七の魔王はどこにいる？」

「欠番ってやつでしょうか？」

　ローレライの呑気な言葉に俺は苦笑する。

　同時に、ナイアは吹きだした。

「わははははは！　賢者パーティーは面白い者どもがそろっておる！　どうであろうか！　やっぱり我に個人的に仕えてみる気はないか？　福利厚生もばっちりであるぞ！」

「質問に答えてやらんか」

「わはははははは！　うむ！　では答えよう。と言っても、すでに答えはそこの大賢者が知っておる。というかな」

　ナイアは肩をすくめて言った。

「そなたに隠すためだけに、魔王ナンバリングをずらしたのだ。少しでも大賢者を油断させられればめっけもんなのでな！　ま、だが無駄であったがな。ぬははははは！」

「「「え？」」」

　少女たちの疑問符を浮かべるのとは対照的に、俺はあっさりと回答を述べる。

「人類滅亡のロードマップ。その最終局面である人類の孤独死には、最後の希望の喪失。すなわち『国（王）の滅亡』と『英雄の死』が存在するはずだろう?」

「そ、それって、もしかして!?」

ラッカライがその意味を理解して驚く。

その通り。

「第六の魔王は、目の前にいる滅亡種人類王国、最後の王、冥王ナイア以外ありえない。そして……」

俺の言葉を、目の前の紅の少女が継いだ。

「第七の魔王……。人類の希望を喪失させうるほどの大英雄など一人しかおらぬ。そうであろう?」

彼女ははっきりと言った。

「のう、救世主アリアケ・ミハマよ。いや!」

その瞬間、今まであった荷台は消失し、全員が未知の空間へと吹き飛ばされたのだった。

「人類最期の希望!　希望の魔王アリアケ・ミハマ!!」

そう。

この両者が死ぬ、あるいは人類を裏切ることで、人類の孤独死は確定するのだ。

それこそが俺をこの時代に呼んだ理由。

人類全体とつり合いが取れるほどの大英雄であることが、この時代に呼ばれる条件だったのだ。

ナイアの声が響いた。

「全てを失い孤独死しかけた人類は、きっとすがるものを求めるであろう。その際、我が別の存在、女神みたいな感じでスカウトしようではないか！　人類はきっと喜んでその身を我に差し出すであろうなぁ！　わははははは！　レベルアップするという特異なスキルを持つ奇妙な生命体！　うむう、実に興味深いぞ！　きっと数万年も飼えば我の役に立つ存在になろう！　愛してやろう！　人類を！　この冥王ナイアが！　いや」

彼女はのたまった。

「宇宙を支配するこの愛《色欲》の邪神ナイアによって、幾億年もな！」

人類の真の敵がその正体を現したのだった。

瞬間、意識が暗転した。


「ここは……どこだ？」

それに。

「俺は何をしていたんだったかな？」

気づけばゴツゴツとした岩がどこまでも続く、茫漠とした土地に俺はいた。

気持ちの悪いねっとりとした風が吹き、どこか生臭い。

何か大事なことを忘れている。

だが、それを思い出そうとしても、記憶がないかのように、何も思い出すことができない。

「アリアケよ、よくぞ夢の庭園へ参った。ここに招待したのはそなたが初めてであるぞ?」

いつの間にか、隣には美しい紅の髪の少女がいた。

やはり真っ赤な美しいドレスを着ていて、よく似合っている。だが、ワインレッドというより、どこか血のような赤だと思った。

と、同時に、俺の名前を思い出す。アリアケ・ミハマ。それ以外は思い出せない。いや、

「ナイア?」

「そうである。ふふふ、どうだ、ここは? ここには我とそなたしかいない。そして、我はそなたのものだ。永遠にそなたに奉仕しようぞ?」

「なに?」

彼女の言っている意味が分からなかった。彼女は少女だというのに、嫣然《えんぜん》とした表情を浮かべて言う。

「ふふふ、幸いにも我もそなたに惚れた。誘惑するだけでなく真実の愛。嘘偽りなく、幾年、幾億、幾星霜もそなたを愛し続けよう。ここは夢の庭園。我が箱庭。そなたは我の与える快楽に耽《ふけ》ると良

い」

　彼女の声は人心を蕩《とろ》けさせる効果があるように思えた。

「人類を何度も救済し、疲れたであろう？　もう十分そなたは世界に貢献した。まさに英雄であり救世主であった。だが、そなたも一人の人間。癒しが欲しいであろう？　休息と安寧を求めたくもなろう。その際に」

　彼女は俺に抱き着きながら言う。

「我を好きにしてよいぞ？　我もそなたを好きになった。初恋である。ここで我と愛しき時を過ごしたら良い。人類のことは悪いようにはせぬ。我が庇護し、きっと生き永らえさせよう。だから、そなたは我と……」

　そう言って、彼女は俺を前に口づけようと迫って来る。

　……が、

「すまんな、ナイア」

「へ？」

　俺は彼女の顔を押し戻しながら言う。それに驚いた表情を彼女は見せた。

「何となくだが、俺には他に決まった相手がいるような気がする。それに、その相手が俺の初恋のような気がする。だから、お前とは付き合えん。すまんな」

「そなた記憶があるのか？　ここでは記憶は虚《うつ》ろになるはずであるぞ？」

「いや、記憶はない。だがそんなものはなくても、行動原理は変わらないだろう。お前が何者かも思い出せんが、記憶があっても同じことを言うはずだ」

なぜなら、

「それが俺という人間なのだからな」

その瞬間。

ピシリ!!

と、夢の庭園と呼ばれた空間にヒビが入ったような音が鳴り響く。

「ナイア」

俺は微笑みながら告げる。

空間が崩壊しかかっているからか、記憶も戻りつつある。

「お前は人類を舐めすぎだ」

彼女の頭を撫でながら。

「人類はお前ごときには服従しないし、未来を委ねたりもしない」

「そなたがいるからか？」

彼女の言葉は睦言《むつごと》のように耳朶に響く。

だが、俺はゆったりと首を横に振り、

「俺はいつも手助けをするだけさ。俺は大したことはしていない。みんなの……人類の力があるか

ら、たまたま世界を救い続けられているだけだ。それからな、ナイア。俺は秘密を抱えた相手と親密になるつもりはない」

「何のことか？」

とぼける様子を見せる。

だが、俺は構わずに告げる。

「なぜ何億年も人を飼おうとする？　神であるお前であっても、そんなことは大仕事のはずだ」

「……」

ナイアは沈黙する。

だが、賢者たる俺にとって、それは答えと同じなのだ。

「お前の目算から言えば、ある時点で、人類はお前を超えるほどの力を得るだろうな。お前に服従しながらも、お前を超える存在をも殺せるほどの力を」

「聡《さと》すぎるな。そなたは本当に人間か？」

「ははは、それなりに聡い人間なら誰だって分かるさ。大したことじゃない。宇宙癌であり、偽神であるニクスを連れて来たのなら、お前もまた別の誰かに指示されて宇宙をさすらっている可能性は当然考えられる。そして、人類を飼育しようとした目的はそれなんだろう？」

「ふふ、ふははははは！！！　さすが大賢者！　いや、もはやそんな名称すらも生ぬるい！　まさに人類の救世主だな、そなたは！　そこまで見通すか！」

彼女は喜んでいるように見えた。

「人類を育てて、お前は『お前の上位存在を討伐する』。それがお前の滅亡種人類飼育計画だろう？」

俺がそう言った瞬間。

「初恋とは実らぬそうだ。残念であるが……」

バリン!!

という、ガラスが完全に崩壊するような音を立て、箱庭の空間は崩れ落ちたのであった。

「そなたはここで確実に殺そう。我が計画の駒の１つにしようなどと、我もとんでもない計算違いをしたものである！　そなたらを呼び寄せ、計画遂行をするために星２つ分ものマナを消費したというのに！」

彼女の声が鳴り響いた。

「行くぞ！　救世主よ！　そなたは我が計画遂行の最大の壁である。いや！」

ナイアは豪快に笑い、

「色欲の邪神ナイアの宿敵である！」

そう声を上げたのであった。

8、滅亡種人類飼育計画・最終決定コロシアム『深層心域スフィア』

「うーん、ここはどこですかね～？　変な場所ですねえ。周囲の色が赤になったり黄色になったり。何だか不安定な感じです」

「でも、転移させられた感じはなかったのじゃけどなあ？」

「しかも、妙ですね。脱出してみようと思って、空間を切ろうとしてもうまく行きません……」

「体当たりでもしてみますか！」

最後、ローレライが言った言葉に、

「そもそも壁がないようだがな」

そう答えたのは、少女のフェンリルだった。

その姿を見た賢者パーティーの皆は、

「わー、可愛い！　いやー、戦闘の後始末とかでちゃんと話す機会がなかったんですが、未来のフェンリルさんとは大違いですねー」

「儂よりおぼこいではないか。むむむ、せっかくの儂の優位性？　がなくなってしまうのじゃ!?」

「大人の魅力なフェンリルお姉様もいいですが、こういう姿もまた可憐ですね！」

「フェンリルさんが1000年前からアリアケさんと旅をしていたということですか。これはピンチ」

口々に感想を言う少女たちであった。

やれやれ。

「お前たちもう少し驚いてもいいんじゃないか？」

俺は苦笑しながら言う。

「いえいえ、これでも驚いているのです。なので、とりあえず手近な少女を愛でているわけです」

「未来のフェンリルは、現在のフェンリルがいるから同時存在は無理か。コレットは既にニクスによって誘拐され、封印状態だから、世界のシステムから見逃してもらえている感じなのだろう」

「なんと！　気合で何とかなってるのかと思っておった！　にゃるほど、父上が1000年、儂を見つけられぬわけじゃ。ドラゴンレベルの存在を世界から切り離して秘匿するほどの最上級の封印だったんじゃなぁ」

「ニクスの陰謀の一つだしな。星神と相討ちになり眠りに就く前に行ったということか。どうだ、これが終わったら解放しに行くか？」

「まさか！　まさか！」

コレットは笑って言う。

「それじゃと旦那様が白馬の王子様として助けてくれると言う、儂の人生最良の瞬間がなくなってしまうではないか！　そんな愚策は了承できぬ！　のじゃ！」

「そうか」

フッと俺は微笑む。

「本人がそう言うなら、俺から言うことは何もないな」

「あれ？　今のかなり愛の告白っぽくなかったのじゃ？　もっと反応があってもいいのじゃー」

「お姉様、しかしながら、ＴＰＯというものがありますので」

ラッカライが苦笑しながら慰めた。

その通りだ。

さて、

「フェンリル。お前を召喚魔法にて召喚した主は色欲の魔王であり、真の邪神ナイアだ。だが、お前の召喚主であることは変わりない。勇者パーティーとして加わってくれたのはナイアの指示だった。今はもう無効だろう。どちらにつくか決める権利は君にある」

俺の問いにフェンリルは、小さな声で呟いた。

「ア、アリアケ様はどう思っているのだ？　はいと言ったところで、私を仲間として信用してくれるのか？」

「当たり前だろう」

「えっ？」

即答したことに驚かれた。

やれやれ。俺は苦笑しながら、彼女の頭を撫でる。

「信用するかと言われたら、よく分からん。だが、お前のことを信頼している。それに、お前が俺には必要だ」

「そ、それって！」

「あああ！　それ儂が言ってほしいやつ!!」

「神代でも朴念仁ですか、この人は〜、も〜」

フェンリルが赤面し、一方でコレットが怒り、アリシアが呆れ声を上げていた。なぜだ？

だが、そんなやりとりは1人の少女の声にかき消される。

「そなたらは余裕があるな。それ、これもオマケである」

そう言って、その紅の少女、いや、色欲の魔王ナイアが投げ渡して来たのは、ビビアであった。

「殺したのか？」

「その必要はないであろう？　なぜなら」

彼女はそう言ってから、手を広げて言った。

「この深層にて、そなたらは全員我に殺されるのだから！」

深層。

「なるほど。ここはそう言う場所か」

「察しが良いな。大賢者。いや、我と対等なる存在、第七の魔王アリアケよ」

「どういうことでしょうか？　ナイア様」

フェンリルの問いに、ナイアは獰猛《どうもう》に笑った。

「ふむ、そなたはやはりそちらについたか。だがここまで我の計画につきあってくれた褒章として、それを許す。以後はそこの救世主を主とするが良い。優秀な部下を持てて我は満足であった」

「アリアケ様が、主……様ですか？」

その言葉にナイアは答えず、

「で、この場所であったな。アリアケ。察しの通りだ。ここは」

無数に変遷する周囲の彩りを、その瞳に映しながら、真の邪神は宣言した。

「滅亡種人類たちの『深層神域スフィア』である！　全人類の意識は無意識下にてつながっておる。ゆえに、この戦いは全人類の目に留まろう」

「なるほどな。人類飼育計画の完了はここでなされるわけか」

「左様である！　色欲の邪神の『権能』において、滅亡種人類飼育計画・最終決定コロシアム『深層心域スフィア』を設置した。アリアケよ！　救世主よ！　真の勇者よ。そして人類の希望を抹殺する最後の魔王よ！　そなたという光の消失をもって、滅亡種人類飼育計画は完了する！　ゆえに!!」

彼女は得物である赤き鎌を、俺へと突き付けた。

「ここで塵一つなく殺し尽くそう！　アリアケ・ミハマ！　我が計画最大の障壁にして、最高の素材よ!!」

少女の宣言に俺も微笑みを浮かべて返事をした。

「そう気負うな、邪神よ。人類を救うのはいつものことだ。それゆえにだ」

俺も賢者の杖『聖杖キルケオン』を構えながら言う。

「いつも通り、世界の危機を救い、ヒトビトに希望を与えよう。だがそれは俺だけの力じゃないぞ？」

その言葉に、後ろで戦闘態勢に入る少女たちも頷いた。

「最高の仲間たちの力だ。俺はほんの少し、力を貸すだけだ。それがヒトの力なのは既に未来で確認済みなのでな」

こうして滅亡種人類飼育計画・最終決定コロシアム『深層心域スフィア』での冥王ナイア、もとい第六の魔王、そして、色欲の邪神ナイアとの最終戦争が始まったのである！

「さあ、始めよう、最後の魔王よ。ヒトの救世主として死に、絶望を与える魔王として死ぬが良い！」

「そう簡単にいくかな？」

「ぬははは！　あの偽物の邪神ニクスと比べてもらっては困るぞ？　あれは我の部下なのでな！　小手調べなど洒落《しゃれ》たことはせぬぞ！　さあ、我が本性を見せよう。そして、これに耐えられるか、アリアケよ!!」

邪神の身体から真っ赤な血しぶきのようなものが舞う。

そのドロリとした塊は徐々に大きくなった。

その身体はみるみる成長し、手足は伸び、体型もこれまでの幼いものから少女のものへと変化し、何百メートルあろうかという大きさまで巨大化する。

邪神ナイアは天蓋か、人類を見下ろす月のように宙に浮き、邪悪な笑みを浮かべながら口を開いた。

「我が体液に溺れてみるか、救世主とその一行よ」

ナイアが自身の身体から、先ほどまで体内にあった赤い何かを雨のように降らせる。

「アリシア、34重結界」

「月《イルミナ》を防いだ時と同レベルですね！」

「大げさだと思うか？」

「いえいえ！　68重結界でもいいくらいですとも〜！」

彼女は高速で詠唱して、複層大結界を張る。

しかし、

『パリン！　パリン!!』

一瞬にして24の大結界が崩壊した。

だが、俺と共に最も長い旅をしてきたアリシアだ。

もはや指示を待つまでもなく、俺の意図を汲み取っている。

「ラッカライちゃん！　もしミスったらよろしくです！」

「く、空間は切れませんよ、お姉様!?」

「はいはい。でも、直接防御は出来るでしょう？」

「！　なるほど、了解です!!」

『パリン!!』

そのほんの1秒後には、全ての大結界が崩壊する。月の落下を寄せ付けぬ防御結界すら、なすすべはない。ほとんど相殺したが、全てではない。こちらに到達した時に何か致命的なダメージをくらう可能性が高かった。

だが、

「だいたい予想通りだな」

「ですね！」

俺の言葉にアリシアが答える。

「まずは戦力分析ですものね、アー君」

その通りだ。

と、そんな会話をするのと同時に、

「邪龍一閃《いっせん》・肆《し》の型！」

ラッカライが降り注ぐ邪神の赤い何かを、まったく同時に斬り、弾いて行く。

「どうですか、先生！　時間を若干超えて同時に攻撃する技です！　最近コレットお姉様に一撃いれるために修行してたら出来たんですよ!!」

「よくやった、すごいぞ」

「えへへ、先生のお役に立ててボク《私》嬉しいです」

ラッカライがはにかんで答える。

「これは驚いた……。時間を操るのは膨大なマナが必要なのだが。そなたらを呼び寄せるのに資源《リソース》をどれだけ使ったと思っておるのか？」

「なら降参してくれるか？」

「まさか!!」

邪神ナイアは俺たちを見下ろしながら、唇を歪めて嗤う。

「ますます殺しがいがあるというものよ！　そなたら救世主一行の敗れる様子を全人類が見れば、

必ずや絶望すると確信できた」

「そうか、ならば」

　俺は予想通りのナイアの答えに頷くと同時に、

「コレット！」

「了解なのじゃあああああああああああああ!!」

　俺の合図とともに、コレットが渾身の力を解放した。


「チェエエエエエエエエエエエエストオオオオオオオオオオオオオオオオオオオオオオオオオ!!」

ドオオオオオオオオオオオオオオオオオオオオオオオオオオオオオオン！

　神竜ゲシュペント・ドラゴンの姿のコレットによる、渾身の一撃が邪神ナイアの背中へと不意打ちで完璧に決まる！

「壁がない。つまり、どこまででも上昇出来る！　今のは距離にして1万キロからの落下スピードを乗せた、星を割る蹴り《チチュルブ・メテオ・スウォーム》なのじゃ!!」

「ひ、ひいいいいいいいいいいいいいいいいいいいいいいいい!?」

　なお、先ほどまで気絶していたビビアが、コレットのキックにより生じた衝撃波で、悲鳴と共に吹き飛ばされて行った。

　しかし、

「痒くもなんともないの、ドラゴン娘よ！　ぬはははは！」

「なんじゃと!?　星さえ割る、儂の一撃を!?」

「ドラゴンは好物である。どれ、ステーキにして喰ろうてやろう」

カッ!!

首が180度回転したかと思うと、いやらしくニヤついた邪神の口腔《こうこう》より、真っ赤な光線が放出される。

「ぐは!?」

落下する月とさえ互角に渡りあった彼女の身体の一部たる片翼を、簡単に切断する。

「ぬふふふふ！　それだけではないぞ？　我が体液を体内に入れたものは、すべからく汚染される。他の魔王たちのようにな！」

「ラッカライ」

「心得ました！」

「ローレライは回復、アリシアとフェンリルは……」

「はい、回復魔法すぐ行けます！」

「はいはーい！　以心伝心！　突っ込みますとも！」

「え!?　私だけではなくて、大聖女様も突っ込むのですか!?」

「おお〜、ウブな反応！　これはこれでいいものですね〜！　はい、でも行きますよ！　フェンリルさん!!」

俺の指示で全員が1つの生物のように有機的に連携する。

「お姉様！　ちょっと痛いですが、お許しください！」

「分かっておるのじゃ！　イヴの因子が回る前に半身ごと切り落とせ！　あ、頭は残してね？」

「了解です！　秘龍槍・下り落星竜《ミズガルズスオルム》！」

「ぐううううううううううううううううううううううう!!」

「回復魔法開始！　天使の息吹！」

「そうはさせぬぞ！　と、言いたいところであるが」

邪神はコレットから視線を外すと、ジロリと自身へ肉薄してくるフェンリルとアリシアを余裕のある笑みでもって見下ろす。

俺は2人にレビテーション《空中飛行》のスキルをかける。

「ナイア様、お覚悟を！」

「行きますよ！　時間稼ぎパーンチ！」

「自分から時間稼ぎと言うんじゃない。まったく。《無敵貫通》付与」

俺は再度スキルを付与する。

だが、
ガギイイイイイイイイイイイイイイイイイイイイン!!

先ほどと一緒か。

「効かぬ、効かぬ！　色欲の邪神の権能である！　そなたが万能たる賢者であっても、神性に備わる性能自体を変更することは出来ぬ!!」

「なんと！　まさかアリアケ様のスキルさえも無効化するなんて！」

「まぁまぁ、想定通りですよ、フェンリルちゃん。慌てないで一休みしましょう」

「フェンリルちゃん!?」

「差別化ですよ、差別化。いやあ、それにしても参りましたね。どうしますか、アリアケさん！　なんか無敵っぽいですよ！」

俺の隣に戻ってきたアリシアが不気味に嗤う邪神を見上げながら言う。

まぁ、とにかく。

「収穫はあった。あれは俺のスキルすら無効化する『無敵』の存在だ。攻撃の一切を受け付けない」

「そ、それでは……」

フェンリルが焦った表情を浮かべる。

と、同時に。

「ひ、ひぃいいいいい！　こんな訳の分からないところで死にたくない！　くそおおおおおおおお！　これでも喰らえ！　くそ邪神野郎！　おらああああああああ!!」

「ふむ、スキル《投擲》付与」

聖剣はすでに消失しているので、代わりに持っていていた鉄製の剣を投げる。

当然のようにカシャンという音とともに弾かれた。

「ぬはははは！　初級勇者も参戦か！　だが、我が玉体に一矢報いようとする気概は褒めるに値する。ふむ、ここは2段階昇進とし、普通勇者と名乗るが良い。まぁ」

邪神は歪に唇を歪めて、ビビアを見ながら、

「真の勇者はそこなアリアケであり、そなたはただの襤褸雑巾として死に絶えるのだがな。くっくっく、その方が人類に絶望を与えられよう。計画もはかどるわ。ふはははは!!」

「うう、ぢぐしょう、ぢぐしょう！　デリアー！　デリアー！」

絶望した普通勇者の悲鳴が深層心域スフィアに轟く。


「さて、ではもうよいか？　我ももう飽きて来たのでな。我が分体がそなたらの柔らかき肉を裂こうぞ」

色欲の邪神ナイアがそう言うのと同時に、彼女の腹が割れて赤黒いヘドロのようなものがしたたり落ちる。

いや、あれは……。

「なんだよありゃあ!?」

ビビアが狂乱しそうになるので、とりあえずフェンリルに頭を押さえてもらう。

「ひい！　ひい！」

ばたばたとあがこうとするが、今、混乱すれば彼の命にも関わる。

軽く首根っこを摑んでおいてもらおう。

「放っておいていいのでは？　どうせ戦力になりませんよ？」

「ははは。仲間を守るのは俺の大事な使命さ」

「このような状況でも。……さすがアリアケ様です」

「こんな状況だからこそ、さ」

俺は微笑みながら、邪神ナイアより放たれた紅色のそれが何か観察する。

どうやら、それはヘドロなどではなく、それぞれがナイアの分身のようだ。

それが数万、いや100万はいるかもしれない。

その一人一人が、恐らく冥王をしていた時のナイアの実力を誇っているように思われた。

「これはピーンチ!!　なのじゃ!!　旦那様!!」

「ワラワラと凄い勢いで増えていきます、先生!?」

「しかも、どんどん増えてますねー。なんてでたらめなんでしょうか。自分では何もしないで分身頼みとは!!」

「攻撃も通りませんし……。こういう場合の私たちの死因は圧死になるのでしょうか？」

少女たちが口々に戦況を伝えてくる。

その声には焦りがにじんでいるようにも思えた。

しかし、

「まぁ慌てるな」

俺は浮足立ちそうになっている彼女らに微笑みながら言ったのだった。

「アリアケ様はどうしてそれほど余裕なのですか？」

「そうだな」

フェンリルの言葉に俺は頷きつつ、

「少し、邪神ナイアがボロを出したような気がしたんでな」

そう言ってウインクする。

「ボロですか？　私には圧倒的な戦力を放出したように思えたのですが」

「確かに」

俺は否定しない。

「100万の邪神ナイアの分体だ。これを彼我の戦力差とすれば、こちらが勝利の確率はゼロだろう」

「なら」

「しかし」

　俺は首を横に振り、微笑んだ。

「2つおかしな点がある。それはアイツにとって致命的なものなんだろう。だから誤魔化し、隠し、嘘をつき続けて来た」

「嘘？　それはいつから……、一体何についてのことを言っているのですか？」

「全てだ。最初から最後まで全て。邪神ナイアは嘘をつき続けている。今、この瞬間もな。さっき、確信したよ」

「今、この瞬間も？」

　フェンリルが疑問を浮かべているところに、

「何を話しておる！　ぬはははははは！　怖気づくのも無理はない！　さあ、我が分体に四肢を引きちぎられ、この深層心域にて、人々に絶望の記憶を残して息絶えるが良い！　第七の、怠惰の魔王アリアケよ!!」

　邪神ナイアの声が響いた。

　と、同時に、数百の分体が一斉にこちらに攻撃を仕掛けてくる！

「まずはこいつらを何とかしないとな。とはいえ、単純に数が多いな」

「せめて円陣でも組めれば良いのですがっ……！」

　フェンリルが焦った声を上げる。

と、その隙をついて、

「ひいいいいいいいいい！　邪神怖い！　もう嫌だ！　俺は逃げるぞ！　デリアー!!」

フェンリルの拘束を振りほどいて、ビビアが逃げ出そうとした。

「こら、ビビア！　お前もいないと陣形に穴があくだろうが！」

「知るか！　それに俺1人いたところで、どうせこれだけの相手を防げるわけが」

やれやれ。

「7人の旅人がこの世界を守る。邪神ナイアの言葉。あれは嘘じゃない。いや、逆か」

俺は微笑みながら言う。

「神の宣った言葉には祝《のろ》いが生じる」

賢者の杖を構えて、スキル支援の準備を行う。

「実際あれは魔王の存在を予言する言葉なんだろう。だが、それを逆に利用することもまた可能だ。なぁ、そうだろう」

俺は振り向きながら言った。

「お前たち《勇者パーティー》」

その言葉に、

「何がどうなってんのよ!?　とりあえず、あの変な赤いのが敵なのですわね!?」

「俺の鋼の肉体が神代の人類全員に見てもらえるチャンス！　そういう理解で合っているのか、ア

「あはははは！　何この勇者！　ビビッて顔真っ青じゃん！　ちょー笑えるんですけどー！」
リアケ!?」

3人の新たな戦士たちの姿があった。
……未来からの旅人に俺は含まれない。
なぜなら、本来俺はこの時代の人間だからだ。
そして、実はコレットも同じである。
ならば未来からの旅人となりうるのは誰か。

1．ビビア・ハルノア
2．アリシア・ルンデブルク
3．ラッカライ・ケルブルグ
4．デリア・マフィー
5．プララ・リフレム
6．エルガー・ワーロック
7．ローレライ・カナリア

離脱した者もいるが、それでも一度は『勇者パーティー』に属したことのある未来からやってきた英雄たち。

すなわち、神代を救う7人の旅人と言うには十分な条件を備えている。

無論、これは邪神の吐いた言葉《のろい》を利用したこじつけに過ぎない。

過ぎないが、しかし！

「《呪い》付与」

だが、邪神とはいえども『神』は『神』。

その言葉《のろい》による効果は絶大である。

「さあ、邪神ナイアよ。この7人は神たるお前が認めた戦士となったぞ？」

俺は微笑みながら、

「お前が救世の戦士たちと認めた英雄たちを、お前自身が破ることが出来るか？　その守り、せいぜい崩してみることだ、邪神ナイア！」

そう言って全員に、強力なスキルを付与したのであった。

一方の邪神ナイアは目を見開き、

「馬鹿な……。どこにいたのだ。我は招いておらぬぞ！　そのような者たちを！　一体どこから招いた！　この我が権能による深層心域スフィアへと！　アリアケ・ミハマよ!!」

怒りの声を上げたのである。

　邪神ナイアの問いに、俺は微笑みながら答える。

「それを言うなら、お前はアリシアたちをそもそも招いたのか？」

「な、に？」

「お前が本来招いたのは、人類全体を絶望へと追いやるほどの、史上最も強大なる大英雄のみ。すなわちこの俺だけだったはずじゃないのか？」

「その通りである。なのに」

「そう。まず勇者ビビアがついてきた。たまたま俺の近くにいて巻き込まれただけだがな。ところで知っているか？」

「何をか」

「ビビアとデリアは近く結婚する予定だ」

「……は？」

「「「え？」」」」

　なぜか邪神ナイアだけではなく、仲間たちからも愕然とした声が漏れた。

「ちょ、ちょっと！　まだ内緒にしてるんだから！　どうして知ってるのよ!?」

「そ、そ、そ、そ、そうだぞ！　アリアケ!?　てめえええ！　ふざけんな!?　恥ずかしいだろうが!?」

「む、確かにデリカシーに欠けていたかな。いつもこういうことで俺はアリシアに怒られて……」

「ええええええええええ!?　ってことはホントなんじゃん!?　マジ!?　こんなんのどこが良いってのデリア!?」

「そうだぞ、絶対に後悔する。好きなのは知ってたが、やはり筋肉も足りんし！」

「あんたらね！　人の好みにケチつけるんじゃないわよー！」

デリアが顔を真っ赤にして怒鳴った。

「ほわ～、これは気づきませんでした。大聖女さん一生の不覚です！　おめでとうございます！いやぁ、幼馴染カップルがこうして2組誕生したのは嬉しいことですね～」

アリシアが微笑みながら言った。

やれやれ。

「いや、それにしてもビビアはずっと、何かあるたびに『デリアー、デリアー』と泣き喚いていただろう？　だから、みんなとっくに知っていたと思っていたんだがなぁ」

「「「わ、分かるかー!?」」」

全員からツッコミが飛んできた。

むう、そうか……。

と、ナイアの声がひびいた。

「だが、それがどうしたというのか！」

俺は微笑みながら答える。

「本当に分からないのか？　アリシアだって俺と結婚をしているから神代へと回帰した。周囲の仲間たちも一緒にな。つまり、彼女たちも一緒というわけだ。デリアとビビアの『婚約』によって、デリアが転移し、周囲にいたプララとエルガーも巻き込まれて転移したのだろう」

デリアが嘆息しながら言った。

「そうそう。この3人で転移してさぁ。まじで死ぬかと思った……」

「いや、っていうかさ……」

「う、うむ……」

3人が言いにくそうに言った。

「「モンスターが強すぎて、転移後、割とあっさり死んだ」」

その言葉にビビアが初耳だとばかりに驚き叫んだ。

「ええ!?　まじか!?　えっ、だとすると」

「おほほ。ま、まぁ、そんな感じだったのよね。で、アリシアたちも神代回帰していて各地を回っていた時に、たまたま見つけてくれたってわけ。そして、アイテムボックスに収納されてたってわけ。さっきまでね！　ま、まぁただ、すぐに蘇生しなかったのは……ビビアがいないと真の勇者パーティーの力が発揮できないからね！　そう！　私たちが弱いから蘇生させてもすぐに死ぬと思われたわけじゃないわ！　よね!?　アリシア!?」

「えっ？　あー、うーん。そ、そう（かもしれない）ですね～」

「だよね！　うん！　真の力がなかっただけ！　私は天才だし！　むしろエルガーの防御がヘボなだけだし！　後衛をちゃんと守れないこの筋肉だるまのせいだし!!」

「生き返っても口が悪すぎるぞ！　プララ！　そもそも、マナ使い放題とかいって血走った目でモンスターに魔法撃ちまくって、膨大なモンスターを余計に呼び寄せた貴様のせいだろうが！」

「んだとコラ！」

やれやれ。

「生き返ったばかりのくせに威勢が良いのじゃ！」

「ふっ、まあ俺の弟子たちだからな」

コレットの言葉に俺は微笑む。

「だが、そんな弱き者たちを使わねば我の攻撃を防ぐこともままならぬという証左に他ならんのではないか、希望の魔王アリアケよ。耄碌《もうろく》したか？　この色欲の邪神を倒すには余りにも力不足どもではないか！」

そう邪神が言うのと同時に、彼女から放出された数千の分体たちがデリアたちに押し寄せる！

しかし、その言葉に俺は思わず笑う。

「気づかないのか、邪神ナイア。彼らが単なる弱者に見えるとしたら、お前は何も見えていない」

「なんだと！」

彼女の怒声に俺は応える。

「救世主である俺の率いる賢者パーティーと、弟子の勇者パーティーがこうして勢ぞろいした。今ここに、神代を救う救世主パーティーが誕生した」

俺はそう言いながら、邪神を見上げて微笑む。

「俺が率いる救世主パーティーが邪神ごときに負けると思うか？」

俺のその言葉と同時に、

「世界崩壊狂熱地獄《アザエル・インフエルノ》！！！」

カッ!!

強烈な閃光が前方全てを消失させる。

誰が使用したのかと言えば、他でもない。

「いひひひひひひひ！　これは気持ちいいわ！　アリアケ〜、もっとよ！　もっと魔力頂戴！」

「やれやれ。言われなくても自動装填するようにしている」

「あーっはっはっははっはっは！　さいっこーね!!　切り札撃ち放題なんて！　邪神か何か知らないけど、あたしこそが天才！　魔力貯蔵量1万の超天才魔法使いよ！　さあさあ！　幾らでも地獄を味わわせてあげるわ！　おらあああああああああああ!!」

ドゴオオオオオオオオオオオオオオオオンンンンンンンン！

ドゴオオオオオオオオオオオオオオオオオオオオオオンンンンンンンンン！

ドゴオオオオオオオオオオオオオオオオオオオオオオンンンンンンン!!

「おおー、凄いのじゃ、アレ。旦那様から供給できる魔力量は無尽蔵なのじゃ?」

「いや。こっちに来た時にマナが有り余っていたんでな。ありったけ溜めておいた分だ」

「めちゃくちゃ頼られてますねえ」

「しかし、先生、あれはちょっとヘイト溜めすぎかもです」

「まぁな。だが」

俺が言いかけている間にも、プララの魔法をかいくぐって接近してきた分体の1体が大鎌を振るう!

当然、次の瞬間には彼女の首は胴体と離れる……。

「だから、調子に乗りすぎだと言っているだろうが!」

エルガーが押し寄せた邪神の分体たちを押し戻していた。

「はー? そのあたしを守るのがあんたの役目でしょうが!」

「まったく!! おい、アリアケ! 追加の支援はまだか!?」

「お前にかけている《無敵》の効果はもう切れるぞ。数十秒は効果が出ないぞ?」

「なら《カウンター》でいい! あとは筋肉で何とかする!! さあ見ろ神代の人類よ! これが選

ばれし者の筋肉だ！」

「アリアケ様、怖いのですが……？」

「いつもあんな調子だ。だが、プララを見事守っている。俺の計算だと絶対に押し負けるはずなんだがなぁ」

「筋肉は計算ではない！　全てを凌駕《りようが》するギフトなのだぁ！」

「分かった、分かった」

俺は苦笑する。

俺の支援を受けたエルガーが守りつつ、やはり俺から受け取った魔力でプララが切り札を放射し続ける。

前方の邪神たちが融解していった！

「さすが先生です！」

ラッカライの言葉に、

「ふむ！　だが、しかし！　何百と倒そうと徒労であろう？　何せ、いくらでも生み出せるのだからな！　これこそ我が権能であるのだからな！」

邪神ナイアから更なる分体が次々と生み出され続ける。

「ひぃ！　アリアケぇ！　こんなんじゃ埒《らち》があかねえ！　何とかしてくれやがれえ！」

ビビアの声が響く。

「勇者ビビアさん。も～、前に出ないでください！　聖剣がない勇者なんて、実質『無』勇者なんですから！」

ローレライが苦情を呈した。

「ぐぎい!?　そ、そんなことねえ！　俺は勇者だぁ！　普通勇者にまでなった男なんだぞ!?」

「ならアリアケ様に頼りすぎるのはダメなのでは？」

邪神の言葉を素直に受け入れてるんだな。

まぁ、それは良いとして……。

「俺を頼りにするのは構わないさ。今は俺を中心とした救世主パーティーなのだからな。よし、普通勇者ビビアよ！」

「お、おう!?　ま、まさかこれは!?」

俺は微笑みながら頷き、一振りの剣を空間《アイテムボックス》より取り出し渡した。

「聖剣の『模造品』だ。俺は救世主の前に、この星の『神』の代理人だからな。権能を一部使用出来る。……だが、あくまで『模造』だ。いわば俺の創り出した『星剣《スター・ソード》』。だから、ファイナル・ソードなどは放てないし、すぐに壊れる……が、この一戦もてばいい」

「良かったわね！　ビビア！　さあ、行きましょう！　それで、さっさと帰りましょう！　お風呂にも入れてないし、ここ最悪なのよね!!」

「『星剣《スター・ソード》』か。聖剣じゃねえが……、ちょっとかっこいいじゃねえか！　くそが！　ボケ！　しゃあねえなあ！　この普通勇者たるビビア様が邪神に引導を渡してやるよお！　行くぞ、デリア！」

「ええ！　ダーリン！」

「お前、その呼び方は、外ではやめろお！」

やれやれ。

俺はレビテーション《空中飛行》のスキルを付与する。

彼らは、プララの作る弾幕を潜《くぐ》り抜けるようにして、新たに吐き出された分体たちに迫る！

「星剣スラアアアアアアッシュ!!」

「剛爆裂拳!!」

ついでに《攻撃力アップ》《クリティカル威力アップ》《神殺し》を付与しておいたので……。

ドオオオオオオオオオオオオオオオオオン！

邪神の分体たちが爆発四散していく。

どうやら戦えているようだな。

「あーっはっはっはっはっは！　やっぱり俺はつえええええええええ！　最強だ！　誰も俺を止められねえ！」

「ええ、その通りですわ！　ダーリン！」

「だからやめろって、ぐは！　囲まれた!!」

「ダーリン!?　こら、囲んでボコボコにするんじゃないわよ!!」

デリアがビビアに群がる邪神たちをけちらして、瀕死から救っていた。

ま、まぁ……、いちおう戦えているよな。よし。

しかし。

「ふむ、偽の聖剣にしてはよくやる。であるが」

邪神がニチャリと唇を歪めた。

「甘すぎて反吐《へど》が出そうである。言ったであろう、我が権能であると。色欲の邪神は幾らでも代わりを作り、そなたらを圧死させよう。だが、それもまた時間の浪費であるな」

ナイアはその巨大な肉体をみじろぎさせる。

すると、その手には紅の大鎌が握られていた。

「アリアケのスキルの力で随分と勢いが良いようであるが、さて、では分体ごと始末してやろうではないか。救世主アリアケとその一行よ」

邪神は大鎌を構える。

「でないと、おちおち昼寝も出来ぬからなぁ」

そう言って、邪悪なる鎌を振るおうとした。

それを見つつ、俺は口を開く。

「アリシア、コレット、ラッカライ、ローレライ、そしてフェンリル」

その言葉に、少女たちが俺へと視線を向けた。

何を言われるのか分かっているという顔だ。

俺は微笑みながら指示を出す。

「偽りの邪神が隙を見せてくれた。準備をしてくれ」

俺は一拍置いてから、

「切り札を切る」

と言ったのだった。


「お前が直接攻撃をしてくるタイミングを待っていたぞ、ナイア」

「ほほう。死ぬタイミングを、か？　大英雄。それは殊勝であるな。ではこのまま逝くが良い！

あとは我が人類を飼育してやろう。そして、邪魔な上位存在を掃討する尖兵《せんぺい》としようではないか、
ぬはははは!!」

俺はその言葉を聞いて、

「フッ」

思わず笑ってしまった。

「何を笑う、大英雄よ！」

邪神ナイアが怒鳴る。

だが、

「仕方ないだろう？　何せ、神の下手な芝居を目の前で見せられているんだ。思わず笑ってしまったのは悪いと思うが、許せ」

「芝居だと？」

彼女は大鎌に更に魔力を込める。

血染めの鮮血よりなお鮮やかなるそれは、この無限の領域であろうとも、その全てを吹き飛ばすほどの威力を誇るだろう。

それこそ、宇宙開闢《かいびゃく》を再現するかのように。

だが、俺は慌てることはない。

なぜなら、

「だってお前は色欲の邪神などではないだろう？」

「なっ!?」

ピタリ、と今まさに振るわれようとしていた鎌の動きが一瞬止まる。

同時に、

「「「えっ!?」」」

少女たちも驚きの声を上げた。

「何を根拠にそれを言う！」

ナイアが言う。

しかし、

「いちおう俺の本職は大賢者でな。世界を見通すことが、本来の俺の仕事だ。世界を救うのはその一環に過ぎん」

ゆえに、

「お前が色欲の邪神ではないことくらい分かっていたさ、そうだろう？」

俺は天に漂う巨軀に向かって言った。

「怠惰の邪神ナイアよ」

「「「た、怠惰ぁ!?」」」

「ああ。だって、そうだろう？」

俺は滔々《とうとう》と話す。

「奴の攻撃は全て他人や分身を動かす権能に特化している。色欲の邪神と言いながら、俺たちを誘惑するような行動は一切しない。むしろ、邪神の殻とも言うべき権能が彼女を常に守っている。星を砕くほどのコレットの攻撃が効かないのは、それが怠惰たる邪神が『誰も入れない邪魔されぬ空間』を作る権能を持つからに他ならない」

「ですがアリアケ様！　冥王ナイア様の時はよく働かれていらっしゃいましたよ!?」

フェンリルの言葉に、

「ま、そうだな。だが、今も働いている。こうして人類を飼育して、宇宙一の兵士にしようとしているのだからな。だがな、フェンリル」

俺は微笑みながら言う。

「働き者と怠け者は両立するんだ」

「えっ？」

ポカンとする少女たちに俺は聞く。

「そもそも、なぜナイアは人類を飼育しようなどとしている？」

俺の問いにコレットが答える。

「ナイアが言っている通り、気に入らない上司を倒すためではないのじゃ？」

「そうだな。しかし、それは単なる『手段』だろう？」

「のじゃ？　つまり目的ではない、というやつなのじゃ？」

その通りだ。

つまり、

「えっ、もしかして。まさかアー君!?」

アリシアが驚きに目を見開いた。

そう。

そのまさかだ。

「ああ。そうだ。邪神ナイアの目的は、自分を使役する上位存在を抹消して自由になることだ」

まぁ、言い方を変えれば、

「怠惰に耽るために、勤勉に至ったということだな」

「そ、それがどうしたというのか！」

俺の言葉に、ナイアが激高する。

「この攻撃で貴様らは終わる！　ゆえに我の正体を看破したことは賞賛こそすれど、幾分の価値もない!!」

「いいや」

俺はレビテーションのスキルをパーティー全体に使用する。

「100億の価値がある。なぜならば」

俺は静かに告げる。

勇者パーティーたちが邪神の分体を倒し続け、切り拓き続けてくれている道を通り、確実に肉薄する。

「怠惰なる神が自身から動く時、その存在は矛盾に満ちる。攻撃しようとする時が、お前が最も弱い時だからだ。ナイアよ」

「お、愚かな！　だとしても、我が『邪神の殻』の権能を破り、玉体に触れることは叶《かな》わぬぞ！　この世界のシステムが許さぬ！」

「だから、お前が一段衰えるタイミングを待っていたんだ。なぁ」

「なに!?」

ナイアが驚きの声を上げた。それは余りにも意外なものを見た瞳。

それはそうだろう。

なぜなら、

「久しぶりということになるらしいのう。記憶はないが、旧《ふる》き主様？」

その存在は満足そうな笑みを浮かべて言った。

一方、もう一人の白銀の美しい少女も驚く。

「あ、あなたは……」

「うむ、そう言う意味では、そなたも久しぶりということになるのかのう？　それにしてもちんまいのう」

美しい白髪を持つ麗人がそこには2人いた。

体形は全く違うが、その2人は明らかに同一の存在であった。

「未来のフェンリルだというのか!?　馬鹿な！　ありえぬ！　未来のそなたがなぜここにおる!?」

ナイアが驚愕の声を上げた。

なぜなら、

「な、何をするつもりか！　アリアケ!?　そんなことをすれば2人とも周囲一帯を問答無用に巻き込み、消滅するだけである!!　同一の時間に同一の存在は、同時存在は出来ぬのがルールであ

る！」

だが、俺は微笑みながら言った。

「お前の権能に触れていてもか？」

「え？」

そう。

「何事にも例外は存在する。例外を想定して組まれているんだよ、怠惰の邪神ナイア。この世界のシステムは、な。そう例えば」

俺は少女たちに総攻撃のためのスキルを使用した。

「お前の持つ神の権能『絶対防御』と、世界のシステム『同一存在』が均衡した時などはな」

そして、

「その時、世界は矛盾を解消するためにお前の『権能』と、同一存在を許容しない『制限』を一時的にシステム凍結するだろう！」

パリイインンンンンン！

神の絶対の権能が割れる音が、深層心域スフィアへ鳴り響いた。

「俺の下に集った仲間たちが作り出した１００億に１つの勝機を無駄にはしない！」

俺の言葉に、全員が邪神ナイア本体への攻撃を開始する！

しかし、

「ば、馬鹿め！　さすが英雄であると！　さすが神に至る可能性のある者であると褒めてやろう、大賢者アリアケよ！　だがな！」

ナイアは振り上げていた大鎌をついに振り下ろす!!

「我が権能が衰え、『邪神の殻』が停止させられようとも！　この我が『神』であることは変えようのない事実！　なれば!!」

ジャギン!!

その鎌の速度は余りの速さゆえに、空間をねじきるがごとき異音を放つ！

「そのような小細工！　枝葉末節！　猪口才な手法に何の効果も認められぬ！」

深層心域スフィア全体を薙《な》ぎ払い、切り刻む、宇宙開闢すらも想起させる一撃が振るわれた！

だが！

「アリシア！」

「分かっていますとも！　いつもの無茶ぶり宜しくです！」

俺は苦笑しつつ彼女へ、

「《神聖魔力強化》《神聖防御力アップ（超）》《範囲拡大（星）》」

ありったけのスキルを付与する。

「わははは！　無駄だ!!　その者が稀有《けう》なる大聖女であろうとも、真の神の一撃を防げるものか！」

「34重大結界!!」

「わーはっはっは！　しかも魔王を防いだ時と同数などとは！」

ナイアの嘲笑が響く。

「お話にはならぬわ！　これにて終幕である!!　救世主パーティーよ!!」

彼女の一撃は人類が誰も見たことないほどの威力を誇る。

俺ですら初めて経験するほどの衝撃をスフィアへと及ぼした！

そして、

「な、なぜ……」

ナイアの声がもう一度響いた。

だが、

「どういうことだ……」

その声は邪神と名乗るには相応しくないものであった。

「なぜ、無傷なのだ!?　神の一撃を防げる道理など、どこにもないはずであろうに!?」

星さえも破壊するであろう一撃は、なんと俺の率いる救世主パーティーを誰一人傷つけることが出来なかったのだ。

しかし、

「違うぞ、ナイア」

俺の声が響く。

「逆だ」

俺は静かに言う。

「魔王と同等の防御でないといけなかったんだ。だって、そうだろう？」

俺の言葉だけが紡がれていく。

「なぁ、怠惰の邪神ナイア。いや……」

至近距離まで迫った俺は宣告するように言う。

「『怠惰の魔王』ナイアよ」

「な、何だと!?」

魔王ナイアは驚愕の声を上げたのだった。


だが、何も驚くことはない。

「我は邪神だ！　誰が魔王であるか!?」

「そうだな。お前は邪神だ。しかし……」

俺は微笑みながら。

「お前の渾身の一撃。あれがお前の『殻』を無効化するためだけに誘った行動だと思うか？」

「なっ!?」

俺はあたかも神のごとく、宣告するように言った。

「邪神として矛盾した行動をするお前はこの瞬間、1段階、堕ちた存在となる。無論、お前が邪神であるのは『そのまま』だ。しかし」

俺は全員へスキルを使用する準備をしながら言葉を紡ぐ。

「自ら名乗った『魔王』というステータスは活きている。そして、この2つは矛盾しない。なぜなら、それは『お前が俺にしたことだから』だ、邪神《魔王》ナイアよ」

「ま、まさか!?」

そういうことだ。

俺は微笑む。

「星神の代理人として、神そのものより、1段下の神格を持つ俺を魔王とみなしたならば、お前自身も1段階の堕落によって魔王たる存在になりうる。それは神たるお前が自ら定めたからだ」

神が定めたことは呪い《ルール》となり、世界のシステムとして作用する!

ゆえに神なのだ。

それこそが神の条件なのだ。

ならば!

「もはやお前と俺は同等の神格を持つ存在と言えるだろう！　いや、むしろ」

俺は全員へスキルを使用した！

「１００年後から来訪した旅人たち。俺たち救世主パーティーは、アリアケという『神』とその神の率いるレベルアップした『尖兵《人類》』である！　そして！　それはお前が欲し、お前が勝てないと認めた上位存在を打倒する存在そのものではないのか！」

ならば！

「お前が勝てる道理はない！」

なぜなら！

「それが神たるお前が自ら認めたルールだからだ！　そうだろう邪神《魔王》ナイア!!」

「ぬうううううううううううう！　アリアケぇえええええええええええええ！」

邪神《魔王》ナイアの瞋恚《しんい》が響く！

「負けぬ！　たとえそなたが何を申そうとも！　我は負けぬ！　人間ごときに負けてなるものか！」

この邪神ナイアが！

その驕《おご》りが。

「この結果をもたらしたと知るがいい！」

《人類の脅威殲滅（超）》

《攻撃力アップ（超）》
《神殺し》
《必中》
《決戦》
《神話創成》
《人類の剣》
《魔神の血脈《魔力量大アップ》》
《神聖フィールド》展開
俺の振るう聖杖キルケオンによって、救世主パーティー全員が神々をも屠る力を得る！

本来ならば手も届かぬほどの強大なる相手。

怠惰の邪神ナイア。

だが今、目の前にいるのは、一介の人間でしかない俺一人に追い詰められた堕ちた神のみ！

「人間ごときにぃいいいいいいいいいいいいいいいい！」

「だから」

俺は嘆息しつつもう一度言う。

「神《アリア》とその仲間《ケ》だ。お前が欲し自分より強いと認めた存在そのものだ」

すなわち。

「お前の勝てる道理《ルール》はない」

俺が静かに宣告を、邪神を見下ろす位置から言った瞬間！

「焔よ立て・そして彼方へ消え失せよ!!」

「ぐはああああああああああああああああああああ!?」

超上空から黄金竜の姿となったコレットが、全てを焼き尽くす焔《ほむら》をまとい星を割る威力の突撃を喰らわせる！

1度目に邪神を守った『殻』はシステム停止している。

邪神は叫喚を上げながら大地へと堕ちる！

空を優雅に漂っていた邪神が今、這いつくばるように大地へ縫い留められた！

「げふううううううううう！　だが、甘いぞ！　神《アリアケ》よ！　この程度で我は死なぬわ!!」

「だろうな。ならば上を見てみろ、魔王ナイア！」

「な、に!?」

コレットから更に上空へと飛び上がったラッカライが、もはや光速を超える勢いで槍を突き立てんとする！

「仲間ごとやる気か!?　アリアケェ！」

「そんなわけがないだろう？　よし、アリシア、いまだ！」

「承りました！　《救済の大結界《全属性攻撃無敵》》《人類最終防衛結界ライン《体力自動回復》》《天使の守護《幸運上昇》》！　これらを全てコレットちゃんへ全力集中！」

アリシアが詠唱を完了し、

「コレットちゃん!!」

叫んだ。

「耐えてくださいね!!」

「任せておくが良いのじゃ！　儂は乗り手《旦那様》を得た神竜である!!」

刹那！

「い・き・ま・す！　お・ね・い・さ・ま！　神竜神狼宇宙舞槍《イシス・ブレーザー》!!」

ギチイイイイイイイイイイイイイイイイイイイイイイイイイイイイイ!!

ラッカライの聖槍が神殺しとしての本領を発揮する。

それは邪神を大地に縫い留める神竜の一撃を、まるで杭のように更に深く深く突き刺して行く!!

「ぐ、ぐあああああああああああああああああああ!!」

のけぞるように、邪神の身体が曲がる!

だが、

「まだ、まだだ……」

魔王ナイアは顔を上げる。

その表情は苦痛にまみれているが、笑みのようなものも浮かべている。

「確かにそなたらは強靭無比。よくぞここまで我を追い詰めたものだ。褒めてつかわす。が……我を仕留める決定打は持ち合わせておらぬ」

それが微笑みの理由か。

「権能を今一度……。怠惰の神としての殻を張れば……。回復してすぐに仕切り直せる。さすればそなたらは今度こそ我が無限の分体に圧死させられようぞ。もはや、間違いは犯さぬ!!」

だが、

「それはもう無理だ」

「な、なに!?」

俺は宣告する。

「お前はこれから敗北した神として、神の僕《しもべ》たる狼に『捕食』される！　それが聖獣フェンリルの権能だからな」

「なっ!?　そんなことが出来るわけがない!!　我は邪神である!!　神を殺すのではなく、喰らうなどと!?」

「そうか？　だが今はお前の『権能』と、『同時存在』という矛盾状態によって、システムが停止している状態だ。ある意味、安定している状態とも言える。ならば」

俺は微笑みながら言う。

「その安定を維持することを世界は望むと思わないか？　そのためには神の僕たるフェンリルが、お前を捕食してその権能を取り込むことが一番手っ取り早い」

「そっ……」

「そ？」

ナイアは余裕のあった表情を消して、憤怒に満ちた表情を見せる。

そこに怠惰の神としての顔はもはやない。

「そんなことはさせぬ！　許さぬ！　アリアケ！　神を愚弄するのもほどほどにせよ！　我が対等なる存在、アリアケ・ミハマぁあああああああああ!!」

ナイアは激情にかられ、全ての力をふり絞り、無理やりコレットたちの攻撃から逃れる！

身体の一部が消滅することすら厭わない。

しかし！

「やれやれ」

俺はそこまでの余裕の笑みを消して、むしろ嘆息した。

「お前が俺を買いかぶってくれていて助かった」

「な、なにを？」

突然の俺の変貌ぶりに、ナイアは目を見開く。

だが、彼女に時間は与えない。

「俺など一介の人間に過ぎんさ。むしろその方が気楽で良い」

俺はそこまで傲慢ではない。

「お前からどれだけ力を削げるかが、俺たちの勝機だった」

そして、

「お前が玉体としていた肉体の半分は削がれ、そして、全力で攻撃し、なおかつ憤怒にすらかられたお前の神性は、今や完全なる自己神性の否定に至り地に堕ちた」

「そ、そなたはわざと我を!?」

驚愕に目を見開く。

「奴らの攻撃は全て布石だったとでも！　ここまでのそなたの言動も。全て計算ずくだったとでも言うのか!?　そんなことがあるわけがっ……！」

その言葉に、

「当然だろう？」

俺はあっさり肯定した。

「神を殺すのだから、それくらいは出来なくてはな」

そして、もう一つ。

「勘違いしているから訂正しておこう」

俺は告げる。

「切り札は、まだ切っていないぞ」

そう言って、俺の隣に立つ2人に言った。

「手伝ってくれるか、フェンリル」

「もちろんであるぞえ、主様」

「はい、主様！」

未来と神代の2人のフェンリルが同時に頷いたのだった。

「ナイアよ」

俺は聖杖キルケオンをかざしながら言う。

「切り札とは、こうやって使うものだ」

そう言って微笑む。

「最初に使うものではない」

「スキル」

俺はシステムが停止している今だけ使用できる禁断のスキルを使用する。

《融合個体作成》」

俺とフェンリルたちは1つの超常的存在として再構成される！

「馬鹿な！　それはヒトには使用できぬスキルであるはずである!!」

「いい加減覚えろ。何事にも例外はある」

例えば、

「神の権能《上位システム》が停止されている瞬間などはな」

「なんという叡智……。この世界をそなたは神たる我より熟知しているというのか……」

そんな声を聞いている間にも、神《俺》と聖獣が融合した、超常神としての俺の姿が現れる。

その姿は、フェンリルの長く美しい白い髪や美しくしなやかな肉体を継承しつつも、顔《かんばせ》は微笑みを浮かべた神《俺》のものである。

そして、神たる証として6対の碧《あお》き翼を持っていた。

「だが聖獣とリンクしたからといって何だと言うっ……」

『ドン』

「なっ!?」

邪神ナイアが呆気にとられた表情を浮かべた。

それはそうだろう。

いきなり自身の肉体の一部に穴があけられたのだから。

しかも、

『ドン』『ドン』『ドン』『ドン』『ドン』『ドン』『ドン』

「ぐは!? な、何が!? ぐ、ぐああああああああああああ!!」

一撃では終わらない。

次々と自身の身体が崩壊し、再生も追いつかない。

まるで虫に喰われる書物のように、どんどんその穴は増え続け、拡張していくのだ。

それはまさに、

「我が存在が、減って行くっ……! 摩《す》り減らされて行くっ……!」

邪神が消滅してゆくことに他ならなかった。

「不思議そうだな、ナイアよ」

「ア、アリアケ神!!」

宙《そら》より言葉を掛ける俺へ、ナイアはねめつけるようにして叫んだ。

「我が玉体をこれほど傷つける攻撃を連続で出来るわけがない! そなたが英雄であることも認め

る！　我が同格たる神であることも認める！　だが、これほどまでに一方的なのは納得が行かぬぞ！　救世主!!」

「簡単なことだ。ナイア。聖獣フェンリルを通じてアビスにリンクしているだけだ。そして、そのマナを使用して……」

「まっ、まさか!?」

俺は手を上げる。

と、同時に無数の物体が形成された。

それは、

「万の星剣、万の星槍、そして万の星弓だ」

これらは本当の神が作った聖剣らには満たない。

しかし、

「今や俺と同格たるお前ならば、もはや、これは単に、質よりも量がものを言う『戦争』に過ぎん」

ならば、

「ただ4つの聖武器など不要。あえて無限の星武器により、お前を塵一つまで分解しよう。再生が追いつかない速度で、お前をこの世界より消去する！」

「ば、馬鹿な！　我が負けるのか！　邪神たる我が!?」

その言葉に、俺は、

「そうだ」

答えつつ、手を振り下ろした。

「お前はヒトという種に負けるのだ。邪神ナイア。お前が目論んだ通りに！」

１００万の星の武器たちが邪神を襲った！

「う、ああ、そうか……」

邪神は身体をそぎ落とされながら、か細く声を響かせた。

「見落としていたな。ヒトにはそれを導く者がいるのだな……。そういう者が現れた時、ヒトは無限の力を得るのか。我が……」

滅亡種人類飼育計画・最終決定コロシアム『深層心域スフィア』に、恐ろしいほどの爆発による光が満ちる。

「我がそれを務めてしまったゆえに、英雄と言う存在を見逃してしまった……アリアケよ……」

ナイアは呟くように言った。

「そなたに導かれた人類は恐ろしいな。きっと……この宇宙を……支配することすらも出来よう……」

だが、俺はそれに呆れた声で答えた。

「勘違いするな」

……と。

「俺の目的は田舎でスローライフをすることだ」

そんな場違いな声とともに、

「お前と同じさ」

その言葉にナイアは虚をつかれたような顔をした後、消滅の寸前少し微笑んだ気がした。

しかし、時を置かずして。

深層心域スフィアは邪神ナイアの消滅とともに崩壊したのであった。

エピローグ

「アリアケ様、本当に行ってしまわれるんですかい？」

俺やアリシア、この星を救ったメンバーたちは名残を惜しむ滅亡種人類王国『クルーシュチャ』の国民たちから引き留められていた。

国土の大半が海に沈み、人類は危機的な状況にある。

もちろん、多少の手助けはした。

本当はもっと復興を手伝いたいと思うし、オールティ国王でもある俺の政治手腕を発揮できれば、復興は数百倍のスピードで進むであろうという確信もある。

だが。

「すまない。これ以上、未来から召喚された俺たちがいると何が起こるか分からないんだ」

もともと、俺たちは邪神ナイアによって召喚された存在だ。

特にフェンリルやコレットは同一時間軸に同一存在が併存している状態である。

システムが停止しているから良いが、いつ動き出し、何が起こるかは分からないのだ。

「そうですか。いえ、謝らないでください。アリアケ神、そして真の勇者でもあり、勇者の助言者でもあったお方」

国民の一人は言う。その者は新しい王としてこの国をこれから復興して行く。

「スフィアでの戦いは詩人が詠い、書に記し、口伝でもって、将来に伝えましょう。きっと我々がこの人類種を復興させ、あなたの活躍を心から感謝していたことを1000年後に伝えるために」

「あれ？　もしかして。それって。アー君？」

俺は微笑んで首を横に振り、アリシアに続きを言わないように伝える。

隣に侍《はべ》る神の伝説。

おとぎ話にある、1000年前の物語。

初代勇者には神が侍り、様々な助言をして冒険の成功を手助けしたという。

そして、勇者も大いに強く、魔王を打ち倒したという伝説。

あれが全部俺自身のことだったとはな。

「驚くほどのことではないです。だって、先生なんですから」

伝承を知っていたラッカライも察したようだ。

全く、何だか恥ずかしいな。

出来ればやめてほしいところだが、とはいえ、神代の救世主となった今、詩に詠われるのを無理に止めるのは不可能だろう。全人類が俺が救世主として邪神を倒すところを見てしまったのだから。

それにあともう少し、この時代にやることも残っているからな。

少し急いだほうが良いだろう。

俺は別れを惜しむ国民たちに別れを告げて、旅立つことにしたのであった。


さて、滅亡種人類王国『クルーシュチャ』から徒歩で半日歩いた場所に、1つの小屋が建っている。その扉をノックして顔を出したのは、

「遅い！　全くそろそろ完全消滅するところであったぞ！　どうせギリギリまで復興を手伝っておったのであろう。この救世主め！」

「ええ!?　冥王ナイア様」

「ひ、ひぃいいいいい!?　い、生きてたのかよ!?　あの攻撃でぇ!?」

一部の人間は臨戦態勢を取るが。

「剣を下ろすが良い。我はもう冥王ではないぞ、フェンリルよ。あー、えっと幼い方のフェンリルと言うべきなのか？　しかし、改めて見ると、やはり大人フェンリルは色っぽくなるのであるなぁ！　我もびっくりであるぞ!?　おお、あと、お漏らし小僧よ、安心せよ、我はもう死に体のようなものである！　だが、最後に色々やっておくべきことがあるのでな。アリアケに使い魔を放ち呼び寄せたまでのことだ！　うむ!!」

俺は嘆息しながら言った。

「時間がないんだろう？　邪神ナイアよ？」

「おっと、そうであったな。手短にすまそう。救世主パーティーたちよ。ささ、入るが良い！」

俺たちは中に入ってテーブルへ着く。

ナイアが話し始めた。

「取り急ぎなのだが、我はこの星が結構気に入った。というかアリアケが気に入ったことを伝えておく！　出来れば結婚したいぞ!!」

「一番どうでもいい話題なのじゃ！」

「いやいや神竜よ。実は一番大事な話題であるぞ？　なぜなら我が気に入ったからこそ、今回魔王として破壊させてしまった月《イルミナ》に、我自身がなろうと考えておるわけだし」

「月にって。ナイア様が!?」

「うむ！　この星には大切な衛星であるからな！」

「ああ、なるほどのう。だから未来でも月は天空にあり、イルミナ族は存続しておるのか」

2人のフェンリルが驚き、納得するという相反する反応を示す。

「その通りである！　あと、1000年後の打倒、偽神ニクスにも協力しようではないか！　今の我は勝てぬから歯がゆいものであるが、とにもかくにも、あんなんに我を倒した人類が負けたら悔しすぎであるからな！　あ、でも、既にそなたらは打倒した後か。なら、変な感じだな、って思ってるかもしれんな」

「ん？　ああ、なるほどなあ。ずっと疑問だったんだが。あれはナイアのおかげだったのか」

「どういうことです？」

アリシアが首をひねった。

俺は微笑みながら答える。

「フェンリルが『呪いの洞窟』にいた理由と、初代勇者パーティーメンバーなのに、俺たちのことを一切覚えていない理由さ」

大人のフェンリルも頷きながら言った。

「おお、そうであるなぁ。そして、今、実際に神代にいるというのに、この記憶さえ、我が思い出そうとすると霧がかかったようになりおるぞえ。なんというのかの、勇者パーティーとしてハチャメチャな冒険をしたことは覚えておるし、現代でも、一緒に旅をしている中で度々、神代の勇者パーティーとの旅の記憶を思い出し、口にして来ておるが、顔と名が一切思い出せんかった。しかも、そのことをおかしいと思えんかったのう。あれはもしや、儂を未来で主様たちに会わせるための、記憶の限定封印だったのかえ？」

「た、確かに『呪いの洞窟』で邂逅した時も大恩ある俺たちを思いっきり殺そうとしやがった。あああああ！」

ビビアのトラウマが蒸し返されたらしい。

「フェンリルの言う通りである。ただ、封印する記憶は救世主パーティーや我といった者たちだけであるがな。それ以前に邂逅した者などは特に封印する予定はない」

「なるほどの。ああ、そう言えば将来魔王になるリスキスとは、今回の事件の前に出会ったが、記憶に残っておったのはそういうことか。で、そもそも、なぜ記憶を封印するのかえ？」

「星見……要は我のよく当たる未来予知のことであるが、現在の記憶を残したまま１０００年を過ごすと未来は大きく変化するからである。具体的にはアリアケに偽神ニクスが接触する前に、フェンリルが阻止してしまうのだ！　その場合、ビビアたちはアリアケの弟子になれず悪堕ちして、世界を滅ぼす偽神ニクスの尖兵となってしまうのである！」

「お前たち最低だな」

俺は軽蔑した視線を勇者たちに送る。

「い、言いがかりだ！　っていうか弟子じゃねえええええええ!!」

ビビアが絶叫するが、スルーして神代のフェンリルが話す。

「い、今の話を聞いてなお、私はアリアケ様を救いに向かうのですか？」

「うむ。それはもう恋心ゆえ、心配でどうしようもなくなるのだ。ま、仕方あるまい！」

「こ、恋だなんて……」

「うむうむ。恋だのと、たわけたことであるぞえ。これは愛よ。我が主様を愛しておるゆえ、世界が滅亡すると分かっていても、まぁ、やってしまうかもしれんのう」

「堂々と正妻の前で宣言しないでくださいな！」

アリシアが嘆息する。

だが、とにかく未来のフェンリルのダメ押しもあり、ナイアの言葉に嘘はないと分かったらしい幼きフェンリルは決意を表明する。

「分かりました。では『呪いの洞窟』99階層で記憶の一部を封印した状態で1000年の月日を過ごします」

「だが、それはつらいことだぞ？　長い孤独が君を苛《さいな》むかもしれん」

だから、世界が亡ぶからといって強制出来る話ではない。

俺はそう言った。

しかし、

「いいえ。アリアケ様。逆です」

「逆？」

俺は訝し気に返す。

すると、幼きフェンリルは初めて、心から微笑みを浮かべた。それは戦士ではなく、ただの少女のような笑みだ。

「たった1000年我慢するだけで、アリアケ様とまたお会いすることが出来て、生涯連れ添うことが出来るのです。断る理由がありません！」

「そ、そうなのか？」

その断固とした意志に俺の方がタジタジになる。

そして、

「ですが、確かに1000年は長いですね。だから少し前金を頂いておこうかな」

え？

俺が反応する暇もない。

周りが「あっ」としか言えない間に、俺の頬に少女はチュッと唇を押し付けたのだった。

「将来、また会った時に、続きをしたいです。アリアケ様」

彼女は頬を染めてそう言う。

俺は思い出す。未来で初めて彼女に会った時。確かに同じことが……。

「なるほどのう。ということはあれかえ？　付き合いは我が一番長い、ということかえ？　ほうほう。どう思う、アリシアよ？」

「いやいやいや！　絶対ダメですよ!?　1番は私ですから！　正妻なんですからね!?」

「ふーむ。だとすると2番かの。ふふふ、それでも大幅躍進よのう」

「ちょっ、待つのじゃ!?　い、一概に出会った順番とするのではなく総合評価なのじゃからして!?」

「むっふっふー。まぁ、未来で女子会を開くとしようではないか。むふふふふ」

未来のフェンリルはどこまでもマイペースである。

「うむ、やはりこの星の者たちは面白いな！　ま、月になってゆっくり観察させてもらうとしよう！　ちなみにフェンリルの封印は万が一、予知が外れた場合の保険として星神イシスにも協力してもらうので安心するが良い。女神に一時的にリソースを与えて目覚めてもらう！　焦っておるから勇者パーティーの唯一の生き残りを１０００年後に送るって言ったら協力は惜しまぬであろう！」

邪神だけあって悪い奴だなぁ。

「封印で思い出したが、そう言えばどうして我は未来において十聖のフェンリルと呼ばれるのであろう？　ナイアは何か知っておるかえ？」

「無論である。それも実は此度の戦いによるものである。十聖とは10人の救世主たちと邪神……要するに我と戦ったことを讃《たた》えた敬称であるな」

「なるほど、つまり俺、アリシア、コレット、ラッカライ、ビビア、デリア、プララ、エルガー、ローレライ。そしてフェンリル本人か」

全てはこの神代から未来へとつながっていたんだな。

「さて、もう本格的に時間がないな。消滅したらマジで終わりなので早々にそなたらを『未来へ送り還す』術式を執り行うぞ！　ちなみに、未来に送った時点で大フェンリルの記憶封印は無効化されるのでびっくりするかもしれんの。あ、小フェンリルだけはもう少し離れるようにの！」

テキパキと送還の準備をし始める。

「ええ!?」

「そんなこと出来るんですの!?」

ビビアとデリアが驚きの声を上げるが、

「当然であろう。元々ニクスが攻撃を仕掛けて星神イシスが負傷して、幼いアリアケを1000年先に時空転移させた時点でマナは枯渇したのだ。それによってニクスもイシスも眠りに就いた。我は人類飼育計画を進めるために予備のリソース、星2つ分のマナを使用したのである。アリアケの召喚と神の魔王化などにであるな」

「だからマナが地上にあんなにあったのか」

「うむ。でだ。枯死ユグドラシルに吸い取られはしたが、未来に還すくらいの分はこの星に残っておる。なけなしであるがな！」

「じゃが、使い切ってしまっては今の人類は困るのではないのか？　なのじゃ」

コレットの言うことはもっともだが。

「逆であろうな。今は一時的な休息をしておるニクスが起きてマナが大量にあるとなれば、この星は喰われて終わるであろう。そのためにも、今の人類を生き延びさせるためにも、マナは使い切るべきである！」

なるほどな。

それによって1000年の猶予が出来る。

その間に人類はレベルアップし、俺の時空転移が完了する。

アリシアという大聖女も生まれるし、星神イシスも聖武器の鋳造に取り掛かる余裕が生まれるというわけか。

「了解した。結果としてかなり助けられるな、邪神ナイア。いや、月の女神ナイアよ」

「我は自分のしたことがそなたらに許されることだとは微塵も思っておらぬ。しかし、神に打ち勝ったことに最大限の敬意を表させてほしい。実に。実に素晴らしい戦いであったぞ、アリアケ、そしてその仲間たちよ。我はこの星に来て良かった！　あと、ビビアにはめっちゃ笑わせてもらったぞ！」

「一言余計なんだよ!!」

そう言っている間にもナイアの術式は完了を迎える。

「では、さらばだ。救世主一行よ！　月の光がそなたらの導きとならんことを！」

「アリアケ様！　1000年後にまた！　必ずお会いしましょう！」

2人の言葉に俺は微笑む。

「ああ、必ずまた会おう。2人とも」

俺がそう言った瞬間、目の前が真っ白になった。

そして、次見た光景は。

「ああ」

そこはオールティ国の地下牢の階段を上がった先にある草原であった。

時間は夜。

空には煌々と美しい月が昇っている。

「久しぶりだな、ナイア」

うむ！

と言ったかどうかは知らないが、これまでもずっと俺たちを見守ってくれていたのだろう。確かにあいつは邪神だった。だが、その性格はどうにも憎めない奴だったように思う。もしかすると上司が相当嫌な奴だったのかもしれない。

さて、もう一人、再会を誓った相手がいるが。

「主様！」

「おわっと!?」

俺は草原へ押し倒された。

「フェンリル。久しぶり、というべきなのか？」

「ふふ、そうよな。だが、我は何も変わらんぞぇ？　記憶は取り戻したが、それだけであるからのう」

ふむ。どうやらフェンリルの方は何も変わってはいな……、

「ンチュッ」

「うむ!?」

俺の唇に、柔らかい感触が重なった。

それが何かなど考えるまでもない。

「ぷは。ぬふふ、我がどうやら一番らしいからの。余り我慢する必要もあるまいて。主様、愛しておるぞ。1000年前のあの日からずっとのう。さあ、さてさて、邪魔が入らぬうちに、もう一回……」

「こらあああああああああ!!」

「抜け駆けなのじゃあああ!!」

「むう、早かったのう。さすが我がライバルたちであるなぁ」

そう言うと、フェンリルは颯爽《さっそう》と狼の姿になって駆け出す。

青色の美しい毛並みを月光になびかせて疾駆するその姿は、いつ見ても美しい。

追いかける2人の女性を笑いながら引き離す狼の姿は、とてもとても、楽しそうであった。


～Side？？？？？～

「ほう。今まで霧があったために渡れなかったエンデンス大陸の霧が晴れた、と?」

その声は城内に響く。

「はい。この魔大陸とエンデンス大陸は今まであの霧のために行き来が困難でした。しかし、それがなくなったとなれば」

その言葉に、この城の主は笑う。

「その通りだ。この魔大陸で普通に生息している者たちにすら、あの弱小大陸のどの連中も勝てはしないだろう」

「いかがなさいますか？」

その言葉に、城主は不敵に笑った。

いや、嗤った。

「決まっている。弱き者たちがたどる末路がどんなものなのかはな」

クックックックックック。

その不気味な笑い声は、嗜虐《しぎゃく》に満ちたものであったという。

あとがき

いつもお世話になっております。初枝れんげです。

拙作をお手に取って頂きありがとうございます。

第6巻いかがでしたでしょうか？

前巻の第5巻では学園編を執筆させて頂きました。

多くの種族や子供たち、大人たち、神様たちがぶつかり合って星の未来を紡ぐスタート地点の物語を書きました。

しかし、今回の第6巻では逆に過去の物語。

第1巻から色々と残されていた謎や伏線などが、実はどのような形で紡がれていたのかということが明らかになるお話を描きました。

フェンリルがどうして【呪いの洞窟】に封印されていたのか？

なぜ、アリアケにあんなにすぐに懐いたのか？

伝承に伝わる【隣に侍る神】とは何者なのか？

既にお読み頂いた読者様にはお分かりのことかと思いますが、そうした第1巻からの様々な伏線が回収されて、ああ、あれはそういう意味があったのか、などと面白がって読んでもらえれば大変うれしく思います。

1巻から読み直すと、全体的に気づきが多い巻になっていると思います。

例えばフェンリルは初代勇者パーティーと長い旅をした記憶があると明言されていました。ただ、そのメンバーが誰なのか、風貌はどんな者たちだったのかといった詳細は一切語らないという、少し違和感のある描かれ方をされていることに気づかれるかと思います。これも実は……ということですね。

はい、こちらもぜひ本編の方を読んで頂けると、とても楽しんで頂けるのではないかと思っています。

本作は、基本的には大賢者アリアケ・ミハマが強敵をバッタバッタとなぎ倒す……というか、万能のスキルを使用して、知らないうちに仕方なく世界を救う物語ですが、今回はついに神話時代にまで赴き（強制ですが（笑））、ついに神話の救世主にまでなってしまいましたね。

とりわけ、第4巻で邪神といわれていた存在を打倒していたのに、実はその正体や更に別の邪神の存在などもこの第6巻では明らかになったりして、驚かれた方も多いと思われますが、どうだったでしょうか。

楽しんで頂けたらこれに勝る作者冥利はありません。

そんなわけで、第1巻からの大量の伏線をたくさん回収することがやっと出来まして、作者としては大いに満足もしていたりします！

それにしても、ビビアは隅に置けないですねえ。

さて、そんな感じで時を越えながらのフェンリルさんとの仲も一歩進んで、大団円なのか仲間割れの危機なのかを迎えましたが、現代に戻ってきたアリアケの世界にはまだまだ問題が発生します！

特に、これまで語られてこなかった、隣の隔絶された大陸との物語。

魔大陸の存在。

アリアケのスローライフの夢は叶うのか。アリシアさんとの新婚生活をさせてあげたいところなのですが、やはり世界は彼らを放っておいてはくれないのでした。

彼らほどの人材を、事件側が放っておいてくれないのでしょうね（笑）

次巻にもぜひともご期待のほど宜しくお願い致します！

さて、いつも末筆となりまして大変失礼ながら、お礼を申し上げたいと思います。

柴乃櫂人先生、いつも当方のイメージを完璧なイラストに仕上げて頂き本当にありがとうございます。

そして、当方の乱文をいつも校正して頂き、きっちり一冊の本に仕上げて頂くＳＱＥＸノベル編集部の皆様、関係者の皆様、本当にありがとうございます。

おかげさまで第6巻を無事、読者様にお届けすることが出来ました。

そして、くりもとぴんこ先生にコミカライズして頂いている、コミック第3巻も同時発売されております！

こちらも是非ともお手に取って頂けますと幸いです！

くりもと先生の可愛らしい絵柄で、また小説とは一味違った物語を楽しんで頂けます！

さて最後になりましたが、もちろん本書を手に取って下さった読者の皆様。ネット掲載時から支えて下さった皆様、本当にありがとうございました！

次は第7巻でお会いしましょう！

SQEXノベル

勇者パーティーを追放された俺だが、俺から巣立ってくれたようで嬉しい。……なので大聖女、お前に追って来られては困るのだが？ 6

著者
初枝れんげ
イラストレーター
柴乃櫂人

2023年3月7日　初版発行

発行人
松浦克義

発行所
株式会社スクウェア・エニックス
〒160－8430
東京都新宿区新宿6－27－30　新宿イーストサイドスクエア
（お問い合わせ）スクウェア・エニックス　サポートセンター
https://sqex.to/PUB

印刷所
図書印刷株式会社

担当編集
鈴木優作

装幀
冨永尚弘（木村デザイン・ラボ）

ISBN978-4-7575-8458-7 C0093　　Printed in Japan